最美流年遇见最美古诗词

解读中国最美的古诗词，品读湮没在历史长河中的最美爱情、亲情、友情……

柳七公子 著

中国言实出版社

图书在版编目（CIP）数据

最美流年遇见最美古诗词 / 柳七公子编. —北京：中国言实出版社，2014. 12

ISBN 978-7-5171-1004-0

Ⅰ. ①最… Ⅱ. ①柳… Ⅲ. ①古典诗歌—诗集—中国 Ⅳ. ①I222. 72

中国版本图书馆 CIP 数据核字（2014）第 286273 号

责任编辑：郭江妮

出版发行 中国言实出版社

地　址：北京市朝阳区北苑路 180 号加利大厦 5 号楼 105 室

邮　编：100101

编辑部：北京市西城区百万庄大街甲 16 号五层

邮　编：100037

电　话：64924853（总编室）　64924716（发行部）

网　址：www. zgyscbs. cn

E-mail：zgyscbs@263. net

经　　销 新华书店

印　　刷 北京毅峰迅捷印刷有限公司

版　　次 2016 年 1 月第 1 版　2024 年 3 月第 2 次印刷

规　　格 880 毫米×1230 毫米　1/32　8. 75 印张

字　　数 156 千字

定　　价 46. 00 元　ISBN 978-7-5171-1004-0

引　言

“自古多情伤离别，更那堪冷落清秋节，”是婉约的三变柳郎与恋人缠绵悱恻的别样离愁；“人有悲欢离合，月有阴晴圆缺，此事古难全，”是旷达的东坡写给弟弟子由的温馨诗句；“古道西风瘦马，夕阳西下，断肠人在天涯，”是马致远宦游时那一抹淡淡的乡愁……一任时光冉冉，这些诗词依旧墨色旖旎。

聚也匆匆，散也匆匆，恨不能相逢。花开花落，总无穷。那一腔离情愁绪，在多少人心底盘根错节，疯长成南国的红豆树。只为那离别时的凄楚与酸痛，一丝一丝抽痛了离人的心，抽痛了每一个细节枝丫。

在一个寂寥的午后，我沐浴在冬日暖阳的惨淡光晕里，泡一杯俨茶，耳机里缓缓流动着几支循环播放的古筝曲，让自己的思绪顺着历史的隧道，穿越到远古的时空，我仿若看见那低吟着“昔我往矣，杨柳依依”的小士兵站在家乡的村口，一步三回头。

我仿若看见孱弱多情的李清照低喃着，“此情无计可消除，才下眉头，却上心头。”我仿若看见，多情的小晏（晏几道），正执玉杯独饮，思念着生命中挚爱的女子，轻吟着，“记得小蘋初见，两重心字罗衣……当时明月在，曾照彩云归。”

我依稀看到那沦为阶下囚的南唐后主李煜，正无言独上西楼，看月如钩，悲愤交加，轻弹着，“问君能有几多愁？恰似一江春水向东流。”

是谁正在踏拍而歌，掬一捧豪放洒脱，为朋友送行，“孤帆远影碧空尽，唯见长江天际流。”是谁在他乡的月夜，思念家乡的妻儿，挥毫写下，“何时倚虚幌，双照泪痕干。”是谁为知己饮尽了相思苦，明月千里寄相思，吟唱着，“谁家今夜扁舟子，何处相思明月楼。”

我清晰地看到长衫飘飘的李白告别朋友，正策马奔腾畅游大唐的锦绣河山；我清晰地看到沧桑的杜甫正踏上回家的路，和他的一双小儿女共享天伦；我清晰地看到游子张若虚泛舟春江月夜时，想起了明月楼上的思妇。

那年那月的那一天，他们站在亘古的渡口或十里长亭，怅然离别，黯然消魂。情深深，意绵绵，或故土难离，或情人难舍，或亲人牵绊……

古诗词里至情至性的痴男怨女或壮怀激烈，或荡气回肠，或凄婉哀痛，或痛断肝肠，他们已乘鹤远去，可他们留下的这些妙词佳句总在历史的长河里翻卷着不息的浪花。那因情、因爱、因愁激起的旖旎涟漪，总是在每一个不经意的时刻，适时应景地扣动今人的心弦。

古曲诗词里那些浪漫、多情与离别，那些雄浑、婉约与哀伤，早已超越了轰轰烈烈的现代风。它们润物细无声，每每拂过颤抖的心，总会带来感动经久不息，总会引起共鸣萦绕心头，这便是古典诗词的魅力。

古典诗词的烟波浩荡，奔流着梦的希冀，我沿着时光的隧道穿越在这茫茫烟波里，《诗三百》、汉乐府、唐诗、宋词、元曲……我徜徉在这飘渺烟波里，感叹那一场场一幕幕的悲欢离合，我沉醉在最美的古典诗词里，品读着最动人心魂的故事，醉饮那一杯又一杯的离愁别绪。

目　录

1. 采　薇

——昔我往矣，杨柳依依

《诗经·小雅》

采　薇

《诗经·小雅》

采薇采薇，薇亦作止；曰归曰归，岁亦莫止。
靡室靡家，玁狁之故；不遑启居，玁狁之故。
采薇采薇，薇亦柔止；曰归曰归，心亦忧止。
忧心烈烈，载饥载渴；我戍未定，靡使归聘。
采薇采薇，薇亦刚止；曰归曰归，岁亦阳止。
王事靡盬，不遑启处；忧心孔疚，我行不来。
彼尔维何，维常之华；彼路斯何，君子之车。
戎车既驾，四牡业业；岂敢定居，一月三捷。
驾彼四牡，四牡骙骙；君子所依，小人所腓。
四牡翼翼，象弭鱼服；岂不日戒，玁狁孔棘。
昔我往矣，杨柳依依；今我来思，雨雪霏霏。
行道迟迟，载渴载饥；我心伤悲，莫知我哀。

仿若天生就有军旅情结的我，读到这首《诗经·小雅·采薇》的时候，不免心潮翻滚。这一曲三千年前的军旅诗歌，正跨越了漫漫千载的时空穿越而来。《采薇》，如午夜的琵琶声声，重重地敲打在我的心上。

想来这真正经典的诗歌，总是拥有穿越时空的魔力，它华丽却又不妖娆，轻轻朗诵着这古老的诗篇，让自己的思绪穿越时光的隧道，弥散在那亘古的年代，弥散在那垛烽火、那场硝烟里。那段历史，那段古老的戍边故事，那山，那水，那营房，那兵哥哥。

传说周懿王的时候，周王朝的西部有昆夷，北部有玁狁，这样的游牧民族总是来进犯边境，老百姓苦不堪言。于是，国家就从各地征兵来驻守西北边陲。

我是征人，我是远游客，我是所有下海的船。这首诗，从一个很特别的角度切入，历史的长河便被切开一个口子。当记忆的潮水崩坝的刹那，诗歌里的兵哥哥，他从军的岁月，他所有的苦乐年华便从这里谱写出第一页的篇章。

宛若《廊桥遗梦》里的罗伯特·金凯，他的一生就一直在路上，无论艰辛与安逸，无论贫穷与富有，无论失败与成功，他一直在前行。

苏东坡说："人生如逆旅，我亦是行人。"人生便是一场华丽的旅行，这是一条漫长的路，生是起点，死是终点。这漫漫长路上可能四处是荆棘和坎坷，可俗世中的我，从开始跳上这条漫漫征途，便无法停驻脚步。

诗中的兵哥哥，他的军旅人生，便是一场最华丽的冒险和一场最长距的旅行。仔细想来，从天涯到海角有时不过一抬腿的距离，而在遥远的古代，交通工具落后，通信不发达，一旦分离，就是杳无音讯。

他一路奔行，都没有来得及驻足看看路边的风景，生命中的悲歌便开始拉开了序幕。

诗歌里的兵哥哥，为西周一个最普通的臣民，想必才到边关时，他也是青春开花的年纪，从离家到边塞，春去秋来冬又至，仿佛一转眼的功夫，就到了退伍的时候。驻守边关的他有过怎样的经历，才让他蜕变为现在的样子？

自从接到命令去当兵，生命和前程便不再由他自己去主宰。从大处讲，为国为家，奉献自己的青春年华，扎根边防，抵御外敌，义不容辞。往私里讲，他不过是周朝如蚁的军队里一名最普通一兵，肩负的重任亦是他推辞不掉的。曾经那样的舍不得，舍不得故乡的白发爹娘，舍不得故乡自己心爱的好姑娘。

人生在世，就是有那样太多太多的无可奈何和身不由己。伤别离，却又不得不别离。当兵的人，只身在外，纵使山高水远，情在心间，曾以为这一去居无定所，危险重重，没有想到，他还能活着回来，没想到他还有回家见到父母和恋人的那一天，这一切想起来都跟在梦里一样。

犹如这首长诗的切入点一样，兵哥哥的故事如逆水行舟，让我轻轻穿针串起那年那月那位兵哥哥的万缕愁思。“昔我往矣，杨柳依依；今我来思，雨雪霏霏。”这被冠为《诗经》里的最美名句之一，让人融身于这样的画境中。兵哥哥也一样，他的无限感慨都随风雪到心头。

当初离开家踏上征途时，故乡还是杨树吐绿，柳丝低垂，春暖花开的好时节，可是往昔的我却一袭戎装要上战场，如今踏上归途，早已寒冬在上，雪花飘飘。

雪绵绵，情依依，多少故事在心里。古老的西周官道，蜿蜒崎岖，尘土飞扬，他忍饥挨饿，背着简单的行囊，步履踉跄跌跌撞撞奔行在返乡的路上。

边关，已渐行渐远，化成为身后的定格的风景，永远抛在身后。朝思暮想的家乡和亲人，越来越近了，他不禁心潮翻滚：当兵的日子是那样艰苦，远离家乡的他，多少次遥望着家乡的方向，梦里几度泪湿。

人这一生总得有所取舍，虽然他只是最普通的士兵，可是位卑未敢忘忧国，为人臣民总得为国家尽一点自己的绵薄之力。野豌豆苗从碧绿的嫩芽牙变得枯黄老硬，他越来越想家了，十月，边塞烽火又起，连年的征战就像一个噩梦，无休无止地萦绕在心头，一批又一批的将士不断地被拉上前线，一批又一批的伤兵被抬了回来。

战时的边关，隔三岔五烽烟四起，人心不定，兵员也流动得快，路途又遥远，终是没有可靠的人可以相托付去打听一下家乡的消息，不知道远在家乡的父母双亲身体还好吗？

当兵的日子艰巨又漫长，边塞战火不断，频繁参战的战斗间隙，这位兵哥哥和他的战友们在偏远荒凉的边塞，军粮短缺，战士们得自给自足，人在困境中总得活下去吧，身体是革命的本钱啊，没有本钱怎么能抵御外敌，怎么能健康平安地回到家乡呢？

家乡、父母、恋人就是他心中的希望，无论是在前线还是在后方，无论是怎样的忍受饥荒，最艰苦的岁月，都熬过来了，现在回想起来，仿佛就在昨天。他和他的战友们在荒草野坡上采野豌豆苗吃，艰苦漫长的日子总算盼到了尽头，转眼又到岁末了，自己何时才能回家呢？

曾经离别，曾经思念，又得以回归，诠释着兵哥哥心中的无限思念。曾经出生入死，曾经艰苦卓绝，都已化作这一生最值得纪念的岁月。《诗经》里一曲哀婉的长歌，感动着后世的我和你。

“葡萄美酒夜光杯，欲饮琵琶马上催。醉卧沙场君莫笑，古来征战几人回？”唐代边塞诗人王翰的这首《凉州词》所描绘的军旅人生，纵使有豪情，可也有相思，问征人，何处望乡，一枯一葳蕤？

同是唐代著名的边塞诗人，岑参留下了这样的名句，“马上相逢无纸笔，凭君传语报平安。”两个人，鞍马倥偬，擦肩而过，战时能有熟人相逢，纵使没有机会写下只言片语，能托个人捎个口信儿给故乡的亲人，那该是何种的奢侈。

看似平淡速成的诗却透着别样的韵味，能在某一个吟读的瞬间深入人心，历久不忘。忆往昔，我着戎装，披铠甲，驰骋在纷飞的战火里，想家，想家，盼着回家。如今，我终于踏上归途，为什么却又是这样前思后念呢？

点点滴滴的回忆，循环往复的倒带，就这么一路走一路想一路叹，古来征战地，有几人回故乡？想起来这位兵哥哥还是幸运的人。

走了这么久，终究回来了。采薇采薇，凝结着三千年前那年那月那兵哥哥的浓浓的思乡情结，摇曳着他七尺男儿胸中的无限哀愁……思悠悠，愁悠悠，路漫漫，家乡在前头。

2. 垓下歌

——力拔山兮气盖世

项　羽

垓下歌

项　羽

力拔山兮气盖世，
时不利兮骓不逝。
骓不逝兮可奈何！
虞兮虞兮奈若何！

彼时，他是她心中的少年英雄，她愿意与他生生世世相依相随，执子之手，与子偕老。她是他如昙花般绚烂的一生中唯一倾心相爱的女子，倘若不是生逢乱世，如若不是与群雄争锋天下，也许她能与他长相厮守，在人生最美的流年，共守一生一世的地老天荒。

他是她的项郎，她是他的虞妙弋（野史中虞姬的名字）。在她的心里，他是顶天立地的男人，他策马奔腾，转战血染的疆场，剑锋上写着英雄梦，爱了他，跟了他，无论他成功与失败，他就是她的靠山，他就是她的全部。

美人凝妆，荡一世缠绵。那一刹那，她拔剑自刎，香魂一缕随风散，碧血染红乌江岸。英雄气短，唯一声长叹。那一刹那，他痛断肝肠，美人倾倒再难扶。

这一曲惊天地、泣鬼神的千古绝唱，这一曲英雄末路时的悲歌，就是著名的《垓下歌》，是秦末著名的义军领袖、西楚霸王项羽的绝笔。这一首诗，谱写了一曲生死不渝的爱情。

项籍，字羽。他生于江苏宿迁，是名门之后，爷爷项燕是楚国的望族和名将，叔叔项梁是秦末著名的起义军领袖，项羽是货真价实的名门望族贵公子，如若不是他生逢乱世之秋，也许项羽会颓废成一个整日优哉游哉、安享着富贵荣华的纨绔子弟。

传说项羽长相英俊，出落得一表人才，身材颀长伟岸，人见人爱，花见花开，偏巧他不爱读书，就一直跟随在叔叔身边学习武艺兵法。

少年英雄，心底深处镌刻着一个远大的梦想，他要苦学武艺，研读用兵之道，将来驰骋血与火飞溅的万里疆场，那才是大男人本色。

乱世，是群雄辈出的时代。项羽，这位年轻的贵族之后，就在秦末风起云涌的农民起义声中，沐浴着起义的狂风骤雨被席卷上历史的舞台。彼时，他年方二十四。

年轻的他成为反秦的跑道上一匹遥遥领先的黑马，他是无数有志青年心中崇拜和效仿的偶像。他少年为将，在年岁尚轻的时候就已经实现了人生理想的第一步。他少年得志，桀骜不驯；他藐视群雄，唯我独尊。

我们无法责怪他，因为他的确很优秀，他的确有资本骄傲、霸气，也有资本藐视天下。那年项羽在钱塘江邂逅秦始皇东游，当他看到一代帝王华车如盖，威风凛凛，脱口而出“彼可取而代之”。

项羽疏狂，他的人生理想又上升到另外一个高度，变得丰满起来。如若上天给他机会，他想取秦始皇而代之。少年英雄梦，是那样直接，又是那样掷地有声，气贯如虹。

当年陈胜吴广起义，打响了反秦第一枪时，项羽和叔叔一起在第一时间积极响应起义，扯起反秦的大旗。在轰轰烈烈的反秦斗争中，他和前来叔叔麾下借力的刘邦结为生死弟兄，并驾齐驱转战南北沙场。著名的巨鹿之战，项羽以少胜多，大败秦朝名将章邯的四十万秦军主力，成就他霸王的丰功伟绩，辉煌的累累战果，悬挂在他热血男儿丰硕的枝头。

秦亡后，项羽自立为西楚霸王，分封十八路诸侯，并开始了和刘邦之间长达八年的楚汉战争。虞妙戈，就是虞姬，传说是倾国倾城的女子，能歌善舞。当年她如雨后新荷初吐芬芳，自古美女爱英雄，她崇拜他，爱慕他，驾着七彩祥云不顾一切嫁了他。

凉月如眉，裙袂舞起岁月斑斓，他们夫唱妇随，携手岁月长伴。绵延的秦关，蜿蜒着他和她爱到骨髓里的爱情。他与她温一壶流年，远望蒹葭苍苍，常在诗中徜徉；她翩翩起舞，为他弹奏一个人的楚关歌飞。秦时的明月洒下遍地珠光，辉映着他们心心相印的甜蜜爱情。

她一如最年轻岁月的我们，就痴痴地想着，这一生没有别的奢望，不求一世荣华富贵，不求一世惊天动地，惟愿和心中的人儿相守安稳现世。

他是个铁血铮铮的男儿，烽火硝烟里，驰骋纵横着，威风凛凛，笑傲天下，可是他有阳刚也有柔情，这一生一世爱了她，不能给她一份安定的生活，也要给她挣一个天下。

她就是他心灵深处最坚强的后盾，她是他的精神支柱。他们的爱情是年轻的，是甜蜜的亦是浪漫的。乱世里的美人配英雄，这份别样的爱情有战火也有芬芳，脱去铠甲后的项羽也平添了几分温柔和感性。

倘若这个世界是太平的，他愿意拥着他爱的女子，去过一种别样的人生，像天下间最平凡的夫妻那样，夫妻举案齐眉。每日里他习武练剑，闲来沉醉在夜色旖旎里，他侧目凝眸，看她烛影描红，和她一起双宿双飞，相约到白头。春色满园的季节，携手佳人看芳草斜阳，现世安稳，岁月静好。

倘若有这般安逸幸福的人生，他愿意和她一起笑看远山含笑江水流长，生生世世海枯石烂。可世道偏偏是如此的混乱不堪，命运偏偏是这般地捉弄人。

项羽的大军和刘邦的军队，在垓下（今安徽灵璧沱河北岸）激烈争锋。项羽的军队节节败退，陷于汉军的重重包围，最后被汉军围在垓下，凭栏处，看狼藉的战场上血流成河，狼烟滚滚。项羽的楚军是兵困马乏粮尽援绝，英雄穷途末路，顿陷困境，刘邦的大军士气高昂，呼声震天。

凄冷的夜里，无论是将帅还是士兵都预感到了大势已去。因为营帐外，楚地的歌谣仿若天上的曲子漫洒而下。项羽手下的将士十有八九是楚国的后代，听到家乡的曲子，人心涣散，一片唏嘘之声，征战的日子久了不免闻歌生情，都思念起家乡的亲人来。

项羽从睡梦中惊醒，惊怔地问部下，是不是刘邦的大军把楚地都占领了。一个军队的统帅，他比谁都清楚，形势刻不容缓，他再也无法入睡，深夜营帐里独自饮酒，不免悲从心来，想起这些年征战南北生生死死出出进进多少回了，自己从来都没有怕死过。

男人的世界里权力和功利占了上首，可是他的虞姬，他的爱情，她对他的好，宛若外面潮水般涌来的楚歌，都涌上心头。

他知道和刘邦这盘棋下到这里，刘邦是拔了头筹，而他败局已定。他无悔和刘邦的过招与对抗，他珍惜和高手过招的过程，可以彼此在血雨腥风在刀光剑影里，笑看锋芒四射。也许少年自负的他并没有想到刘邦对他发出了最后的致命一击。他清晰地意识到了，可是他已无力力挽狂澜。这并非他愿。可面对这样的结局，除了无奈他还能留下什么？他提笔做诗，一曲流传千古的《垓下歌》一气呵成，挥毫而就。

好一句“力拔山兮气盖世”，只是短短的七个字，字字如金，串成一串璀璨的珍珠，叮当碰撞中就把项羽这一代乱世英雄的形象勾勒出一幅最清晰的素描，跃然纸上。无论是人品、才气，还是能力、是风度，他无愧为军中佼佼者。

这男子真的太完美，项羽五官英俊，标准帅哥一个，他不但帅，还帅得有气质，贵族的后代，血统里与生俱来的高贵。任是项羽着最简单的铠甲，也是遮盖不住的帅气。特有的帅气里兼容了那个时代男子所有的阳刚与柔情，让刚柔相济的他独具别样的人格魅力，在他年轻的军旅历程中，他打造一个又一个军旅神话。

他率领的三军将士一度所向披靡，作为将帅，他是成功的。累累战果，堆砌着他如堡垒一样的绚烂人生，赫赫战功辉映着他青春的年岁。他年轻，他可以疏狂，可以傲视天下。而此时的项羽，面对着士兵的脱逃，军心的涣散，他一个军事指挥家岂会不知道他的军队和他的人生都已面临着最严峻的考验。

这一次就是一个致命的坎儿，如若跨过去，是那样自信满满的他，这一次却是感觉前途一片黑暗，大势已去，这一次无论如何他是跨不过去了。如果是大局已定，这一句“力拔山兮气盖世”就涵盖了他戎马倥偬的岁月。

蓦然回首，这刀尖上舔血的生活，是那样令他激情澎湃，是那样令他意气风发。古战场上几度春秋，叹天下英雄谁敌手，这日月不算多。过得真快啊，一回首便是千年了。兴亡谁人定啊，盛衰岂无凭啊！一页风云散，变换了时空。此时乌江水滚滚东流去，营帐外面楚歌声声不息回荡在耳畔，项羽从心底轻吟着“时不利兮骓不逝”。

此一句，是英雄心底在末路君临时的慨叹，乌江有意化作泪，在项羽的心底汹涌澎湃着。几分低叹，几分悲凉，几分惆怅，几分无可奈何，战事不利，时机也不随他，如今大概是天地要绝他，这样的局势，又岂是人力能扭转的呢？项羽心中的绝望又有几人能懂？

倘若，他真的无力扭转乾坤，自古战场上不是你死就是我活，成者为王败者为寇，能败在自己的对手手下，他死而无憾。在他的事业榜上，他是无愧于自己的，如若上天还赐给他机会，让他有机会改悔棋，他愿意再陪刘邦下一盘，而不是像现在这样被他这一招狠棋僵住。

他宁愿闭着眼死在对手的剑下，也不愿做一个没有骨气的失败者，他的人生字典里没有投降这一说。可是，他一个人生死事小，可是他爱的虞姬，他的知心爱人，又该如何呢？倘若他真的不在了，她该何以自处？

彼一句，“虞姬虞姬奈若何”，仅七个字，就把项羽此时的悲怆心情刻画得入骨三分了，他这一生如若就是这样被对手终结，如若这所有的辉煌所有的得失都可以放下的话，他还有这一个女人放心不下。

项羽是军中男儿，此时他的内心更是感性的，性格是饱满的，形象是逼真的。他并非英雄气短，他并非只懂得儿女情长。如若上天真的要他远行，他宁愿用他的死来换她的生，他愿他深深爱着的女子能像普天下最普通的女子一样，能平平安安在这个世界的一隅生活着，找一个能给她安稳生活的男子，执手平淡流年终老一生。而不是像现在一样，她为了他痛断肝肠。

这一生不能给她久远的的幸福，不能给她一个最温暖的家，这又怎不让他心碎呢？他的矛盾，他的彷徨，他的痛他的泪，一点一滴重重地砸在她的心上，她是最洞悉他的心事的，聪慧如她，又怎能让他一个人孤独离去。她知道他在和她作别，她强展欢颜，唱和一曲《虞姬歌》：“汉兵已略地，四方楚歌声，大王意气尽，贱妾何聊生。”

虞姬怆然捧玉盅陪项羽饮尽了最后一杯酒，她挥剑自刎。一个忠于爱情忠于夫君的刚烈女子用她短暂的生命毅然切断了她爱的人的后顾之忧。奈何她的死依然没有换来项羽的背水一战，他奋力杀出一条血路，突出重围，到乌江河畔时，和他的少数部下迷了路，他勇猛一生，感觉无颜再见楚地的父老乡亲，他和他的女人一样，挥剑了断了。

战争是残酷的，它没有让女人走开，却让痴情的女子以身殉情。多情如虞姬，为了她生命中的挚爱，她死得值得。如若有来生，她愿意做他最普通的妻子，和他粗茶淡饭，过一份最简单的生活。

如若有来生，这个世界没有了战争，没有了你死我活，他愿意携手他至爱的女子，谱写一曲爱的小夜曲。惟愿它和谐的音符，伴随着滚滚的乌江水，缓缓东流，这一曲悲怆的诀别的诗，在历史的大河里翻卷着不息的浪花。

3. 人日思归

——人归落雁后，思发在花前

薛道衡

人日思归

薛道衡

入春才七日，

离家已二年。

人归落雁后，

思发在花前。

当窗外响起零星的鞭炮声，当璀璨的烟花绚烂了城市的夜空，我给自己斟了一杯劣质的红酒，仰头咽下。那年，我没有回家过年，一个人倦缩在租来的房子里，为了考研备战。城市，因为新春佳节，热闹非凡。这是我第一次没有回家过年，心里莫名其妙地就添了些难言的伤。

过年了，分外地想念远在家乡的父母，却硬是撑着没有打个电话。房东端来一盘年夜的饺子，我说句“谢谢”，泪水已模糊了视线。想我那小山村里忙碌了一年的父母一定是出出进进在村口张望多少回了，却始终也没有盼来我回家的身影。过了大年初三，我却再也按捺不住想家的感觉，收拾行装就踏上了归家的列车。欣喜的父母捧出为我留的年夜饺子，期盼我新的一年能够工作顺利，一切都如意。

我不是宦游的官人，我只是一个漂泊在城市边缘的游子，可是佳节漂在外面的心酸滋味，却让我渐渐理解了那种常年羁旅之人的乡思和乡愁。思乡的情结可以逾越古今，在时光的隧道里自由蔓延。思乡永远是中国古典诗歌的亘古主题之一。

在那旷远的古代，交通工具落后，交通不发达，道路崎岖难行，男子外出谋生或做官，路途遥远，一别动辄多年。不同时代的文人墨客，每每远游在外，适逢佳节，就触动心底的思乡情结，更加想念和牵挂故乡的亲人。于是在浩瀚的诗歌海洋里，便遗留下了无数让人回味悠长的乡愁诗篇。

他，被称为隋朝最伟大的诗人，他出身于文学官宦世家，才高八斗，学富五车，他是少年奇才，六岁时父母双亡，成为孤儿，成年后与卢思道、李德林齐名，活跃在隋代的诗坛，成为一枝独秀的文坛领袖，他是薛道衡（540～609年）。

薛道衡于北齐、北周、隋朝三代做官，曾是隋文帝的机要秘书。他是文人，却深谙军事谋略；他是诗人，却有政治远见。他受到同朝宰相高颎和权臣杨素的赏识与器重，一时间名声在外，成为宠臣；王孙公子都争相与他结交，并引以为荣。

薛道衡做官时，常常做为隋朝的使者出使陈朝。585年，他又因公事，在人日出使陈朝。人日，那是一个很特别的日子，农历的正月初七，薛道衡来到江南金陵（即现在的江苏南京）拜谒陈后主。这位陈朝的皇帝却一直未曾接见他。江南的名城，自然火树银花不夜天，举国上下共庆新春佳节。皇宫里更是热闹非凡，城门口车水马龙，满朝臣子都赶路来朝拜陈后主，恭请他们的皇帝佳节安好万岁万岁万万岁。

一位老臣禀报陈后主言称北朝有位使者名曰薛道衡的已来南京两月有余，而皇上却一直没有接见他。当那位老臣说到这薛道衡原是北朝皇帝的宠臣，还是个大名鼎鼎的诗人时，勾起了陈后主的兴趣，这才传旨召见。原来这位陈后主，安邦定国方面没什么特长，国家治理得一塌糊涂。可他却是个文学爱好者，喜欢附庸风雅、吟诗做词。顺理成章，薛道衡终于等到陈后主的接见了。

文人的飘逸儒雅那是从骨子里透出来的，这气质给薛道衡平添了别样的魅力。初相见，陈后主就被薛道衡深深吸引了。陈后主言薛道衡既然是北朝的才子何不献诗一首。薛道衡向陈后主叩拜后，信口拈来一句，“入春才七日，离家已二年。”

此一句平平的诗句引来满朝文人的嘲讽，连陈后主都笑薛道衡真是徒有诗人的虚名。哪知薛道衡并不介意别人的异样眼神和满堂嘲笑。他朗声接口吟出，“人归落雁后，思发在花前。”此句一出，满堂寂静，喧嚣讥讽声全无，陈后主饶有兴致地玩味着这两句诗，并隆重款待了他。这首清丽飘逸的小诗，像江南的一泓春水，清澈透明，不染纤尘。宛若一支出污泥而不染的芙蓉花绽放在江面上，给隆冬的江南增添了些许别样的色彩。一首清淡的思乡小诗，一首清音袅袅的歌，一个动人的故事。

薛道衡，受王命出使江南，是584年的冬天，来到江南恰逢新春佳节，已是585年的新春，他只身流落在异国他乡，年头接年尾，不经意间，已跨越了两年。江南，好山好水好风景，他却无心欣赏。他独自异国飘零，耽搁了这么久，在过年的时候却不能回家。

文人，生性多愁善感。本来就比平素的人们对于文字更多了些敏感。此时的薛道衡，又何尝不是呢？思念家乡情之所至，出门在外，虽是公派的差事，吃住行都不会受委屈，客家的招待再隆重，外面的条件再优越，都不比在自己的家里舒适。更别说是在过年这样的节日了，纵使每日家觥筹交错，宾朋满座，可是那人散后的孤单，依然是无以言说。

倘若这回在家，想他一定和父母妻儿守在一起，忙碌一年了，推掉所有的工作，专心地陪陪家人。陪年迈的父母谈谈心聊聊家常，陪亲爱的妻子说说外面的新鲜事儿，陪膝下的小儿女讲讲他们儿时的趣事。如今客居异国他乡，虽然江南的山水醉人，可到底是别人家的风景。

自己的故土再贫瘠，可都是生他养他的地方，自己的家再清贫，可一家老少团团圆圆在一起其乐融融，那才是人生最大的幸福。

出门在外，独处异国他乡，已经有些年头了，天天盼着回家的日子，长夜难眠午夜梦回时分，总是在梦里遥望着故国的方向，泪湿枕巾。总是习惯屈指算日，总是以为自己出来好久了。

一句“入春才七日，离家已二年。”平淡，质朴。平淡得让人感觉毫无感情，质朴得让人感觉如土衣布衫。可是诗人却总能独具匠心地从细微之处落笔，精巧地搭配文字，把对故国、对家乡、对亲人的思念，娓娓道来。一个“才”字，就泄露了诗人的心事，短短十个字，初读如一池清水，波澜不惊，低吟辗转间，却有一种涩涩的味道，丝丝缕缕弥散在字里行间，缠缠绕绕就沁人肺腑了。

平日间总是感觉光阴似箭，总是在忙忙碌碌中不经意间就从指缝间溜掉了，总是感觉时间不够用，总是感叹岁月如梭，为何在异国他乡的日子，就变得这么冗长了呢？真的感觉过了年好长时间了，其实算算不过才七天而已。怎么自己就感觉这么长呢？独自在外的日子，总是度日如年，分分秒秒都是一种熬煎。江南好，江南的冬天亦是绿树红花，碧水悠悠，纵使人间美景美不胜收，怎么就都入不了自己的眼。远望这样的美景，为什么反而更添了些淡淡的惆怅呢？

彼一句，“人归落雁后，思发在花前。”就于前一句的平淡之后掀起一起高潮，诗人那满腔的离情愁绪，满腔的思乡愁思，都赤裸裸地在读者面前平铺开来。他本想着在春花烂漫的时候就归家的，但无奈王命在身，由不得自己，由于种种原因，才滞留到这里。

一年一年，春去秋来季节交替间，雁来雁往，冬天北雁南飞，春来，南雁北归，如今一年春将至，春天本是好时节，万物复苏，草长莺飞，一切都充满了希望。想必那在江南过冬的雁儿该飞回北方了吧？人在江湖，身不由己。男人在官途，更是有更多的不得已。

而他却因为公事还要留在这里，想等到他回家的日子，一定是在雁儿以后吧。等到春色满园的时候，不知道自己心中的思念又要生生平添了多少呢？怅然遥望着头顶掠过的雁阵，聆听雁叫声声，离人心欲碎，无形之中更添了无尽的愁思。想来他亦是恋家的男子，所以，他的感情是细腻的，他的诗是饱蘸着深情的。

他的描写是委婉的、含蓄的，于平实里透着不平常的情感，读后让人感觉韵味悠长。有些妙词佳句，扫一眼，感觉平常，须是仔细品味后，在心间百折千回千遍万遍才可以品出其中滋味的。说他的诗，惊艳绝伦，震撼满堂文武官员，着实不为过，他的诗有这种魅力。仅仅二十个字的五言诗，却道出了“独在异乡为异客，每逢佳节倍思亲”的惆怅思乡情。郑振铎曾称赞这一首小诗“颇不愧为短诗的上驷。”他当之无愧。

不过这隋代诗坛的奇才到底也没有逃脱那古代文人悲剧的命运，薛道衡的官路坎坷，可是他诗才出众，自古天妒英才，连自负的隋炀帝都嫉妒他旷世的才华。他性格耿直，因为书写文章议论时政触怒了隋炀帝，一代风流才子，一代文豪，御赐三尺白绫结束了自己的一生，让人唏嘘心痛不已。

4. 送杜少府之任蜀州

——海内存知己，天涯若比邻

王　勃

送杜少府之任蜀州

王　勃

城阙辅三秦，风烟望五津。
与君离别意，同是宦游人。
海内存知己，天涯若比邻。
无为在歧路，儿女共沾巾。

他，生于书香世家，他是隋末大儒文中子王通的孙子。父亲王福畤历任太常博士、雍州司功等职务。他才华灼灼，聪颖过人，六岁能文，早露于少年，被赞为神童，偶遇司刑太常伯刘祥道赏识推荐，十四岁举幽州素科，授朝散郎，666 年被沛王李贤征为王府侍读。此后，他的才华更加锋芒毕露。

咸亨三年（672 年）他曾任虢州参军，他少年自负，拒绝谀媚权贵。因杀官奴犯了死罪，逢大赦革职除名，他的仕途之路宣告终结。他的父亲也因此事受到牵连被贬为交趾县令。后来，他南下探亲，赶赴交趾省父，渡南海，溺水惊悸而死。27 岁的青春年岁，他，这一朵初唐诗坛最绮丽的奇葩便凋谢了，让人心痛心碎不胜惋惜。

他就是初唐著名的诗人王勃，他与杨炯、卢照邻、骆宾王诗文齐名，并称“初唐四杰”。这一首《送杜少府之任蜀州》是王勃的代表作，亦是他二十岁以前，在长安做朝散郎或任沛王府修撰时所作。诗人的朋友杜少府，即将启程赴蜀州，就是现在的四川。想来王勃该和他的朋友杜少府是知交，是挚友，多情自古伤别离，所以他才写下了这首著名的赠别诗。

男人之间的友谊，想来该是彼此间互相欣赏对方的才华，他们因为性情相投，爱好相同，亦或是有着共同的理想，他们的友谊才会经历过风雨的洗礼，彼此间惺惺相惜。他们举杯望月觥筹交错，喝一场酣畅淋漓的酒，倾吐彼此间人前不能诉说的心事。

男人之间的友谊不像女人之间那样感性与浓烈，宛若一杯白开水，平淡中能经得起岁月的推敲却不失其味，他们是兄弟，亦是朋友，也是知已。知心的朋友离别，往往会痛彻心扉。

有多少性情中的男儿站在分别的渡口，洒下离别的泪水。朋友之间的友谊一任天高路远，一直在你心灵最深处，那是藏在朋友心间的浓烈的友情，是温馨的、长久的，字字句句沁人心脾。

古人送别，或是备薄酒饯行亦或是折柳相赠，如王勃这样的文人墨客还常常写诗文送给远行的朋友，或是即将远行的人给留居的人写下留别诗。

王勃的这首赠别诗，没有描绘凄清的离别，却别开生面地高唱了一曲豪迈超脱的离歌。

这首诗一开篇诗人便给读者拉伸出一片波澜壮阔的气势，让人油然而生一种辽阔江天万里霜的意境，锁定了此诗的感情基调：豪壮而非忧伤。宛若崖顶飞瀑，瞬间倾斜而下，坠入万里深涧，斜挂起一帘幽梦，荡在山间，叮当铿锵着砸在离人的心上，之后慢慢展开平铺。

那一天，王勃和杜少府一起来到了长安城外，杜少府即将离开长安赶赴遥远的四川上任，他孤身一人，去异地他乡，举目无亲。

虽然一路上，心里涌起的离别话语有千句万言，可真的到了离别的那一刻，却都被泪水哽在喉头。

送君千里，终有一别。此时王勃和杜少府是彼此间心中都有话要和对方说，却是相对无言。雾霭沉沉，远远望去，四川岷江一带的五大渡口在烟波浩淼的下游，模糊又迷离。

人这一生，注定要经历各种感情的洗礼，红尘漫漫聚散两依依，离离合合本是人生常事。都是热血男儿，都是为了自己的理想和前程，既然离别在所难免，就该潇洒去面对。年轻如王勃，他超脱转换思想，以全新的视角来看待这次的离别，他的感情就在那离别的瞬间发生了质的转变。

他在惜别之时，没有泪洒离别地，徒增朋友的孤独与伤感，而是以活在当下面对现实的话语来慰藉朋友此行的孤单与凄凉。少年王勃，开阔的胸襟让人折服与赞叹。

一路上所有的沉重与愁思便烟消云散，荡然无存，看着杜少府红红的眼圈，几度泪湿。王勃没有像别人那样洒下泪千行，而是和自己的朋友拱手一笑，安慰杜少府，不要伤悲。

人世浮华恍然一梦，今天的离别是为了明天的相聚，只要彼此间心里都装着对方，有对方的一席之地，即使远隔天涯，远隔千重山万重水，也是温暖。只要彼此间惺惺相惜，人远天涯近啊，纵使分离又如何，也许分离亦会增进彼此间的牵念，让你我的友谊又更上一层楼。

其中，“海内存知己，天涯若比邻，”成为流传千古的名句。王勃，好一个年轻洒脱的男儿，这一句精妙绝伦的送别终结句，铿锵了离别的步伐，淡了离别的忧伤，平添了一份别样的洒脱情怀。王勃吟出这传承不衰的诗句，展现出他对朋友最真挚的浓情厚谊。

读到这里，我想到了曹植的《赠白马王彪》，其第六章曰：

心悲动我神，弃置莫复陈。
丈夫志四海，万里犹比邻。
恩爱苟不亏，在远分日亲。
何必同衾帱，然后展殷勤。
忧思成疾疢，无乃儿女仁。
仓卒骨肉情，能不怀苦辛？

也许王勃也喜欢极了曹植的诗，才活学化用了他的诗句吧。曹植的这首送别诗，是曹植和白马王曹彪、任城王曹彰一起进京城朝见曹丕时所作。这一去，任城王在京城不明不白地死了，曹植和白马王一起返程途中又受到监国使者的限制，禁止他和曹彪同住同宿，他们迫不得已分道而行。曹植在极度悲愤之中写了这首诗送给白马王。所以，曹植的这首诗的笔调是沉郁的，是忧伤的，是缠绵的。

而彼一首的王勃，却和曹植不同。王勃的人生虽然也有过挫折，可是他毕竟青春年少，又能在万般愁思之时转换了离别的态度和视角，他的肺腑之言由衷宛若一曲节奏明快的交响乐。他借鉴了曹植的名句，却又另有创新，升华了古人的原意，让人暗暗折服。

这一首仅 40 个字的四联诗，这一首严整短小的五律诗，有抑扬顿挫有变化发展，有腾空飞跃有坠地无声。如长江水九曲回长几度辗转着迂回跌跌宕起伏着东流而去，宛若一帧波澜壮阔的画卷，有山川有沟壑，高高低低，连绵不断，有险要的山尖美景，有溪涧小溪的静水流深。同时又蕴含着说不尽的人生哲理寓于其中，让人读罢受益匪浅，爱不释手。

这便是一首上品送别诗的别样魅力吧，这一曲绽放在初唐的奇葩不会因为诗人的早逝而枯萎，这一曲奏响在初唐的离歌却如一盏长明灯照亮了后世离别者的路。

5. 春江花月夜

——谁家今夜扁舟子，何处相思明月楼

张若虚

春江花月夜

张若虚

春江潮水连海平，海上明月共潮生；滟滟随波千万里，何处春江无月明。江流宛转绕芳甸，月照花林皆似霰；空里流霜不觉飞，汀上白沙看不见。江天一色无纤尘，皎皎空中孤月轮；江畔何人初见月，江月何年初照人？人生代代无穷已，江月年年只相似；不知江月待何人，但见长江送流水。白云一片去悠悠，青枫浦上不胜愁；谁家今夜扁舟子，何处相思明月楼？可怜楼上月徘徊，应照离人妆镜台；玉户帘中卷不去，捣衣砧上拂还来。此时相望不相闻，愿逐月华流照君；鸿雁长飞光不度，鱼龙潜跃水成文。昨夜闲潭梦落花，可怜春半不还家；江水流春去欲尽，江潭落月复西斜。斜月沉沉藏海雾，碣石潇湘无限路；不知乘月几人归，落月摇情满江树。

记得这是一首在读书的年代就背得烂熟的诗，一直也仅是背诵而已，所以只道它是一篇最炫美的长篇抒情诗，却肤浅地不知这恰是一首抒发世间有情男女离愁别绪的爱情诗。

也曾记得喜欢极了古曲《春江花月夜》，每当沉浸在那优美动听的旋律中，眼前就会浮现出群山巍峨，水声潺潺，碧波万顷的江面上摇曳的小船，岸边无名的花草树木摇落着季节的芬芳，水光、云影交相辉映，于明明暗暗中变幻无穷。那典雅、轻快、细腻、流畅的旋律像远处的群山连绵起伏，又像近处的碧水舒缓流淌。

这首在中华音乐宝库里的绚丽瑰宝，是以白居易的《琵琶行》里的名句“浔阳江头夜送客，枫叶荻花秋瑟瑟”“春江花朝秋月夜，往往取酒还独倾”为基调创作成曲的。

可是它的意境却超过了“枫叶荻花秋瑟瑟”，那种沐浴着浓浓秋意的晚江离别曲，上升到《春江花月夜》的那种别样的美。

气韵之优雅，刻画之入微，上有继承下有创新，婉转悠扬中，彰显气势，优美抒情中品味一抹豪放，其芬芳流传千载。整首乐曲如诗如画，让人身临其境，仿若自己就是那画中人，正沐在那年的如水月色中，思念远方的情人。

记得那年春天与你的致命遇见，只是倾一眼便爱上了你。是你那如清水般的眸，是你那翩翩的潇洒与帅气便在那一个瞬间深深吸引了我。

尽管那时你只是一个才走出校园，一贫如洗，两袖清风，潦倒得无一隅可以容身的少年。可是有一种缘份让我一见倾心，爱情从来都是天时地利的迷信，只是一眼的遇见让我醉倒在那多情的季节。年轻时的爱情是那样的懵懂，是那样的充满了戏剧性，一个淡淡的微笑，一个会意的眼神，我们便在那个午后牵手。那个春天，这个城市春暖花开。

我不顾一切去爱你，用一颗少女般最真纯的心，爱得轰轰烈烈，莽撞得视死如归。我抛却殷实的家境，只愿跟随你浪迹天涯，不嫌你粗布麻衫，不嫌你夜宿陋室，甚至愿意为你在破旧的庭院里点着从没有生过的蜂窝煤炉子。

你笑我笨手笨脚，搞得自己两鬓苍苍十指黑，像极了白居易《卖炭翁》里卖炭婆，语罢，你又郝然，此言你岂不就是两鬓苍苍的卖炭翁。我们宛若宝玉和黛玉打趣时的“渔翁和渔婆”。

你心疼地拥我入怀，我调皮地用发黑的手指在你额头印下点点墨，你低语着愿这一世我们能做当垆卖酒的司马相如和卓文君也好，只愿我们能相亲相爱一生一世，地久天长。你依然满足地低叹陋室虽小可亦有暗香盈袖。

可是你醉时却流着泪在低喃你无法给我富足的生活，你一无所有，你甚至在这个中等的城市都买不起一座小房子。你的男儿的泪，打湿了我的心。那一场盛开在流年的爱情终是没有经得起世俗的风雨，在我的父母找过你后，我们大吵了一架，我无法容忍你太见外，于我的父母，何尝又不是为了我们好。仓皇不堪间，你选择了逃离……

桌上留下了我最喜欢的古曲碟片和苏打绿的《小情歌》。你成了浪迹天涯的游子，像迁徙的侯鸟一样辗转于不同的城市，而我留在了这里。

此去经年，我依然固守着那属于我们的爱情和属于我们的小秘密。我时常一个人静静地聆听《春江花月夜》的古筝曲，低吟着你也同样喜欢的诗句，“谁家今夜扁舟子，何处相思明月楼。”

回忆便如春江水，哗啦哗啦就漫了滩。年少时的小爱情，纵然没有丰硕的物质生活，虽然贫困，可我们心心相印，我沉醉于那样的小幸福，纵使我们夜晚蜗居在租来的小房子里，瑟瑟发抖蜷缩在单人床上共披一床薄被，共吃一碗方便面，MP4 放在膝上，我们共听着一首歌：那时生活有点艰苦，爱是我们唯一的财富。

唐诗之繁多浩瀚如烟海，唐诗之佳作，绚烂如满天的繁星，翻开一曲唐诗的画卷，名作名篇是琳琅满目，美不胜收让人目不暇接。闻一多先生曾赞誉《春江花月夜》是“诗中的诗，顶峰上的顶峰。”它倾倒了古今无数读者，被誉为千古名篇“孤篇横绝，竟为大家。”这一首盛开在初唐后期的诗中白玫，那绽开的花蕊，那洁白的花瓣，一片一馨香，氤氲着奇异的芬芳，弥散在那年的月夜。

这一曲我最熟悉的《春江花月夜》是我心中最美的唐诗，就是闭月羞花美得无处躲藏。经年后，闲时拈来品读，依然如饮一杯最浓烈的酒，我依然如旧日般爱不释手，慢品着沉醉其中。

作者张若虚是初唐后期著名的诗人，今江苏扬州人，曾经做过兖州后曹，唐中宗神龙年间，在京都声名远扬。唐玄宗开元初年，他与贺知章、张旭、包融号称“吴中四士”。如此才华横溢的诗人，其诗作留传于后世的仅仅两首。

诗人仅凭这一首诗就在唐朝的诗坛站稳了脚根，并一举跃为顶峰，宛若一株长青树，绿意盎然万古长青。春江月夜，人间美景。

时令已是春天，古人提到春日，便会油然而生伤春的感怀。这是必然。张若虚也不例外。江潮淼淼连天远，春天的江潮海潮汹涌澎湃着和大海连成一片，滚滚浪花拍打着岸边的礁石和堤岸。远远望去，波澜壮阔天水相接。

一轮明月被潮水涌动着从地平线的上方冉冉升起，银白色的月光平铺在夜晚静谧的江面上，水光滟滟，一波涌动万波随，万里银辉与波浪交融着，春江碧波万顷，月色普照，银辉点点，铺一帧最精美的画卷于天地间。

江水滚滚东流，九曲流长，一路曲曲折折，绕过春天里一片绿草茵茵繁华似锦的田野。明月缠绵着江水而来……江畔的古树，被江风拂动，茂密的枝丫上，披上一件银色的衣裳，远远望去，宛若洒上一层薄薄的白霜。

这多才的诗人亦似一个画家，简单几笔，便勾勒出一幅最素雅、最绝美的春江月夜美图。那集“春、江、花、月、夜”于一体的良宵美景，便灵动地拉伸在读者的面前。

且不说诗的韵味是如何韵味悠长，单是这一幅有着鲜活生命的画卷便迷倒了千年后人。那花原本不是真花，而是披一袭月色的春色枝丫。

凭这俗尘浮世是怎样的喧嚣与污浊，单是这寂静的月夜，这明月，这清辉便可以覆盖这尘世间的一切。明月皎皎，月色溶溶，这世间万物便可以都披上一层最为圣洁的衣裳，如雾如幻，纯净又迷离。

之所以“空里流霜不觉飞，”之所以“汀上白沙看不见，”都缘于月色倾洒，青光流泄，明月如霜，好风如水，月随江水，霜从天降，天地间一片透明与洁白，是那样干净与澄澈。难以想象，一个男子竟然有这样细腻的笔触，诗人泼墨挥毫间便把读者引入了一个宛若神话般的清雅境界。我们的视线也紧紧地跟着诗人从远处着落到眼前。

“江畔何人初见月，江月何年初照人。”诗人于有意无意之间发出了一声慨叹，这一声慨叹，却是无解。

当年曹植在《送应氏》里写道：天地无终极，人命若朝霜。阮籍的《咏怀》写道：人生若尘露，天地邈悠悠。“竹林七贤”之一的阮籍和曹植一样，适逢战乱的他们都发出了这样的感慨：岁月悠悠，像天地一样漫漫没有终极，而人生短暂人的生命如晨露一样晶莹透明却寿命很短。这是他们心灵深处的感慨，亦是建安时期文人的典型心态写照。

而此时的张若虚也和曹植一样，同样是诗人，同样是至性至情的男子，他却也发出这样孩童般的发问。让人莞尔一笑，却又回味悠长。

那年是谁站在这江畔，第一个见到这轮皎洁的明月？这江天相接的地方，这浩淼苍穹的一轮江月，究竟是何年何月把这银辉洒向这个繁华的人间的呢？

这一句的意境竟是如此的深邃，他的思维如水般流动着跳跃，他的思想便延伸到去追寻人生的哲理，而非仅停留在探索宇宙的奥秘上。

张若虚发出这千古一问，后世的诗人们也都有过雷同的问题。

比如李白的《把酒问月》：

青天有月来几时？我今停杯一问之。

人攀明月不可得，月行却与人相随。

皎如飞镜临丹阙，绿烟灭尽清辉发。

但见宵从海上来，宁知晓向云间没？

白兔捣药秋复春，嫦娥孤栖与谁邻？

今人不见古时月，今月曾经照古人。

古人今人若流水，共看明月皆如此。

唯愿当歌对酒时，月光长照金樽里。

明月千古如一，不曾改变，而这浮世人生却是不停地变更着，生命如白驹过隙，古人今人面对着这亘古的明月都曾有过这样的感慨吧，今夜月华如水，人在千里之外，明月长存不变，而人生短暂，珍惜流年的光阴，把握现世，活在当下。

东坡也在《水调歌头》里活学化用了李白的句子，也曾把酒问月，他吟道：“明月几时月，把酒问青天，不知天上宫阙，今夕是何年？”

无论是李白还是东坡亦或是此时的张若虚，他们都曾描述了孤高的明月，不仅如此，而且在追溯人生的开端，探寻人生的哲理。此时的张若虚早就发出了一如李白那样的感叹啊。人生易老天易老，从古到今一代又一代，生生死死，死死生生，都在无穷尽地交替着循环往复着，而这亘古的月，一年又一年，春去秋来，它却依旧。

她的生命写在海上，她的生命写在浩淼的苍穹，她就这样孤单地悬挂在半空中，是她在执着地等待着她爱的人么？为什么这么多年都过去了，沧海桑田，月缺了，月又圆，她依然孤独地徘徊在中天。

《红楼梦》第四十八回里有诗云：月挂中天夜色寒，清光皎皎影团团。诗人助兴常思玩，野客添兴不忍观……聪慧的香菱初学作诗，绞尽脑汁，挖空心思而作的诗，仅一句月挂中天便透出无尽的凄凉。

宛若这一曲江月中的月亮，她悬挂在中天，千年万年，看花开花落，看人聚人散，看红尘万种离离合合，看尘世间生老病死，可是，她依然在等待。

这尘世间的事总是那样的不随人愿的吧，她的心是执着的，她的爱是专一的，为什么她等的人还没有来到呢？银辉凄凄，大江依然不息东流去。敢问这滚滚的江水，什么时候才能把她等的人送到她身边呢？

这一帧画卷是静美的却又是流动的，被江风轻拂，被江水助兴，这首诗写到这里便生波澜，孤月的等待和期盼是有生命的，不是“它”而是“她。”

诗人很自然地、不露痕迹地就把诗情过渡引申到另一层更深的境界中来，由上篇的春江月夜美景，延伸到下篇的思妇离愁别绪。

江月有情亦有恨，江水无情亦有情。思妇的愁思袅袅，那年他走了，离开家乡去了遥不可及的异地他乡，一去经年没有任何消息。那年被他握过的温存还在心里，而她的指尖已经冰凉，在梦里还触过他掌心的温暖，为什么醒来却只是泪水狼藉一片。他走了，他是忙吗，还是忘了家里还有一个她。

他怎么就没有托天边的雁儿捎来一点消息，难道是他忘了他们曾经的爱情，忘了他和她曾经的海誓山盟了吗？她站月光下的小楼，俯视着在那年和他分别的渡口，遥望着茫茫江面那天水相接的地方，她痴痴思念。

白云飘飘，倏忽间就消失在天的尽头，云儿朵朵都写着她的思念啊，这离愁，这别恨，才下眉头却上心头，更别说，又望见了浦口，那是那年他和她分手的渡口啊。他不在家的日子，每一件旧物，都会勾起她浓浓的相思，他穿过的旧衣还氤氲着他的味道，他读过的旧书空留着他抚过的痕迹。她整夜整夜徘徊在寂寞的高楼上。

这一句“可怜楼上月徘徊，应照离人妆镜台。”想来张若虚是喜欢极了曹植的《怨歌行》：“明月照高楼，流光正徘徊，上有愁思妇，悲叹有余哀。”这才化用了曹植的诗句，而他对月亮的描写却又更加细腻。月色弥漫映照着她孤单寂寞又孱弱的身影，终日形单影只，连月光都怜惜于她不忍心撇下她一个人在空守在等待。

月光是通人性的，她要陪着这寂寞的思妇，她要和她青春作伴，陪她醉、陪她思、陪她忧，银辉漫洒，洒在她的梳妆台上、捣衣砧上、珠帘上。怎料想这思念成疾的思妇却是触景生情，这明月，这清辉本是最容易勾起女人的思念之情的。此情此景，她心中对他的思念反而更加浓烈了。她有些薄怒，她想挥去这乱了她心思的月色，可是偏偏这月色就是挥之不去。

这一句“玉户帘中卷不去，捣衣砧上拂还来。”这一“卷”一“拂”仅两个字就把思妇那忧伤又寂寞的样子给活脱脱地勾勒了出来。

想此时如若她的他归来，一定是疼惜地拥她入怀吧，怎一个被情思缠绕的痴情女子啊，得此女，此生夫复何求。这样想来，她的他还是幸福的，毕竟在家乡有一个她还在深深地爱着他，依恋着他，思念着他。

遥望万里长空，雁儿孤独高飞，飞不出月亮的光影，一似她这一生就注定了挣脱不掉对他的思念，想挣脱也是徒劳，谁让她爱上了他呢？江面上，鱼儿在浅水跃动，激起圈圈涟漪，跃也无用。

鱼和水的故事里有这样的经典句子：“水说，‘我知道，因为你一直在我心里。’”

我不是鱼，你也不是水，你能看见我寂寞的眼泪吗？也许，因为这是寂寞的情人泪。鱼对水说，我永远都不会离开你，因为离开你，我无法生存。她不是鱼，他也不是水，可是她却爱上了他，这一生一世，跃也无用，她逃不出他的心。

最后的几句，“昨夜闲潭梦落花，可怜春半不还家……落月摇情满江树”是给游子的。是游子那如鱼一样的心事。当年不得已，他离开了家，离开了她。不知道这些年，她在家乡过得还好吗？没有他的日子，她孤单吗？明知这是痴人说傻话，可是他还是这么想了。

春江、孤月、小舟、离人、漂泊。她望断秋水，望断流云，她为他受尽了熬煎，人比黄花瘦，相思无尽处。他，漂泊他乡，扯不断的情思，望不断的乡愁，天涯流落，不知道何年是归期，一袭长衫孤单飘零。

这一首诗，全诗没有一句关于相思的露骨的字眼儿，却道尽相思，本诗不施粉黛，却艳若桃花，醉了春天里的离人。

全诗36句，四句一个回环，转韵，月乃全诗的灵魂，它赋予了这寂寥的春夜灵动的生命与生机，把所有的意象“春、江、花、月、夜”连成一体，全诗诗中有画，画中有诗，诗情、画意、人生的哲理自然地交融着，传承千载成为千古绝唱。

6. 九月九日忆山东兄弟

——独在异乡为异客，每逢佳节倍思亲

王　维

九月九日忆山东兄弟

王　维

独在异乡为异客，
每逢佳节倍思亲。
遥知兄弟登高处，
遍插茱萸少一人。

农历的九月初九，重阳节，是中华千百年传承下来的传统的节日，古人特别看重这个双九的吉利日子。重阳节来到，日月并阳相逢，亲朋好友相聚在一起举行登高活动，登高的时候人人背带茱萸囊，或是头戴菊花，携酒畅游欢饮，这是民间的习俗，传说可以避难消灾。又恰逢金秋，菊花绽放满园，所以重阳节又名登高节或菊花节。亲人在一起品菊赏菊，畅饮菊花酒，其乐融融。

思乡，是一种刻在游子心中的忧愁，也是镌刻在游子心灵深处的一种悲伤。思乡的人，会在看别人家阖家团聚的时候，眼里含着心酸的长泪，孤独了自己的背影。

思乡，亦是一种伤痛，从离家的时候便写在游子的心里。历经岁月悠悠，伤痛更浓。思乡经历了长久的岁月之后，便在游子的心中演绎成为一种信念，任凭四处漂泊，依然不改内心的执着。于是，思乡便成为了种习惯。思乡是掺和着伤痛的一种幸福，没有离开过家的人无法体会。

恰逢九九重阳节，便勾起了一份浓浓的思乡情。历代诗人都喜欢登高赋诗，“初唐四杰”之一卢照邻有诗《九月九日玄武山旅眺》:

九月九日眺山川，
归心归望积风烟。
他乡共酌金花酒，
万里同悲鸿雁天。

那年的九月九，卢照邻客居异乡，值得欣慰的是恰巧和王勃在一起，还不至于适逢佳节孤家寡人，于是便相约一起登高过节。秋风萧瑟，遥望着脚下绵延的山川，看见有鸿雁南飞，于是更加思念远方的故乡和亲人。本是用来祈福的花酒，此时此刻却用来借酒浇愁，客居在外的心酸与忧愁寄情于酒，思乡的泪便在心底流。

在这样一个举家团圆的重大节日里，另一位诗人又何尝不是如此呢？他便是为我们留下千古佳句“每逢佳节倍思亲”的作者王维。

这是一首流传甚广的经典唐诗，记得年少时就能熟练地吟诵，那时只是肤浅地了解一些皮毛，如今年拈来再品，却又品出别样的味道。于这首诗，于王维，更有了一些全新的认识。

王维（701～761 年），字摩诘，号摩诘居士，人称诗佛。祖居今山西太原祁县，后随父母举家迁往山西永济县。永济县距离长安，算是比较近的县城。他留诗四百余首，经典诗作居多。他的精通佛学，受禅宗影响很大。想必他熟读《维摩诘经》，于是便有了他的名和字的由来。他多才多艺，于诗、画、音乐面面精通，都有深厚的造诣。他是唐代“山水田园诗派”中成就最高的诗人，和当时的诗人孟浩然合称“王孟”。

他 21 岁中进士，任太乐丞。曾因伶人舞黄狮被贬，至济州任司库参军。张九龄为中书令时，提拔王维为右拾遗，后来累迁监察御史，并奉使出塞，在凉州河西节度幕府兼任判官。张九龄罢相时，王维被贬谪荆州长史。因此事他无意再在仕途求发展，但他并没有彻底离开官场。开元二十五年，他的官场又获升迁。

安史之乱时王维被叛军俘虏，迫不得已接受了伪职，京城收复后被定罪。那时他的弟弟王缙官职很高，他们兄弟感情很好，王缙剥官为王维赎罪，所以王维的官职只降为太子中允，他过了一段吃斋念佛清心寡欲半官半隐的生活，后来又获升迁，官至尚书右丞。

犹记得他的田园诗《山居秋暝》，那氤氲着小清新的诗句，那诗中有画画中有诗的名句，“空山新雨后，天气晚来秋。明月松间照，清泉石上流……”他笔下的山间美景，他笔下归隐的田园闲适生活，给现世喧嚣城市生活的我们多少深深的向往。

他的那一曲在唐代便家喻户晓的《渭城曲》，那送别时的殷殷祝福和依依惜别的感情如一杯烈酒醉了多少世间的纷飞客。我们犹记得那一曲离歌，那句“劝君更尽一杯酒，西出阳关无故人”。他是个天才，他的诗不仅局限于此，于军旅诗、边塞诗，他也写得波澜壮阔，写得酣畅淋漓。比如他的《从军行》《陇西行》《少年行》……

王维年少才高，是个少年天才，史载王维有很高的文学天赋，“九岁知属辞，与弟缙齐名，资孝友。”他生在一个中产阶级知识分子家庭，父亲不过一个州司马，正五品下和正六品上的官儿，古代的文人都希望通过入仕来光辉自己的前程，给家族门楣生辉。想古代有多少文人苦读一生就为了有朝一日能落魄公子中状元光宗耀祖。王维岂能例外。

长辈的殷殷期望，自己的人生理想，振兴门庭的重任，王维都义不容辞，责无旁贷。人往高处走，京城是人才济济的地方，是天子脚下，那里必然有文人生存的肥沃土壤和展示自己才华的舞台，在那里一定也能实现自己的理想和远大的抱负。

时间的隧道悠悠把我渡回那年那月那大唐。我仿若清晰地看到王维正背着厚重的行囊，一脚踏入帝都长安城，从此便开始他羁旅的人生。那年的他，脸上洋溢着青春的青涩，那年的他还是翩翩少年，那年，他年方十七岁。恰逢人生最绚烂的花季。

如今十六七岁的少年，即便不是家庭富裕、条件优越的富二代，即便不是生于名门望族的富家公子，就是普通百姓家的孩子在这个开花的年岁，正好在宽敞明亮的校园读书。而那时的王维已漂泊于京城长安，成为一个在都市漂流的浪子、游子。当时和他一起客游长安和东都洛阳的还有他的同胞兄弟王缙，兄弟二人都是才华横溢，以诗歌见长，成为京城久负盛名的，王公大臣、达官贵人府上的清客。

繁华的帝都，熙熙攘攘，车水马龙，喧嚣而热闹。可是偌大一个城市里，他不过是一叶浮萍，纵使在人前有多少荣耀与风光，可是他的根不在这里。他只是这个城市的寄居客。年少又单薄的他，日日忙碌穿梭，可他不过只是奔波在这个皇城边缘的一个游子，一个行色匆匆的过客，有时孤独仰望皇城的天空，他感觉浮世苍生的自己是那样的渺小，不过一粒微尘而已。

少年离家，只为追求一种自己想要的生活。岁月如歌，乡情浓烈如酒。少年心事，梦字饮成愁。弟弟回家乡去了，王维一个人游走在城市喧哗的十字街头。九月初九，又逢重阳。看别人都高高兴兴欢欢喜喜地呼朋引伴，携手亲人一起登高共庆佳节，唯独自己在城市一隅寂寞地品着菊花酒。

想他们在遥远的家乡，想必我的亲人们一定一起登高，一家人热热闹闹俯视秋天的原野，看沉甸甸的枝头硕果累累，满山秀丽的风光吧。暮秋，家乡的红叶一定开遍了山川的沟沟壑壑，那绽放的花瓣多么像亲人们脸上幸福绚烂的笑容。

在这样的时刻一定举家围坐在一起，每一个人都插着茱萸，痛饮着菊花酒。你们会不会发现人群中少了一个我？我仿佛隐约听到那重阳的深夜里王维那一声思乡的长叹，我仿佛看到王维正孤身一人窝在客栈里，独酌菊花酒，一杯一杯复一杯。想家的泪水划过他年轻稚嫩的脸庞。

一颗年轻的心在寂寞的深夜里孤独飘摇，多少年都没有停止过流浪，是什么让他有了回家的渴望。走了这么久，不知道家乡变了模样没有，走了这么久，不知道临行时自己种在小院前的那颗小树它长高了没有？

忘不了第一次孤独离家时的情景还历历在目，忘不了第一次在异地他乡过节的滋味，再一次涌上心头，这首《九月九日忆山东兄弟》便诞生九九重阳节，在诗人午夜梦回时的思乡梦里。

设身处地体味一个少年王维的佳节想家，真的有泪珠儿轻轻划落。那一缕最真的想家的痛，就这么轻而易举地击垮了我脆弱的心。我们也都有过十七岁的华年，我们也曾离开家，为了求学，为了好好生活。繁华的现代都市，快节奏的工作和生活，让我们忙碌又疲惫不堪，可我们依然想家，在每一个夜深人静的时候。

不论我们身在何处，海角或是天涯，想家的时候，总能打个电话，哪怕只是听听母亲熟悉的唠叨，听听父亲关切的问候，也能慰藉我们思乡的痛，想家的苦。

遥想那年的王维也会在无边的孤独里慢慢长大吧，世事沧桑总会让他变得更坚强。他多像年轻时的我们，不顾父母亲人的劝阻不顾一切要去流浪。

他小小少年的作品，是那样的剔透委婉，直赋心曲，雅而不俗，少年心事自然演绎成诗，本是佳节思念兄弟，意境拉伸演绎成思念故乡和亲人。

他这一首小诗，不施粉黛，却素颜可人。这一首小诗，语句平实朴素，却是那样的情真意切，细细品味便可醉了心，醉了灵魂。

“每逢佳节倍思亲”是古人今人心中皆有的思乡情结，仅这一句，不知道醉了多少漂泊在外的游子，让人品罢犹感余味袅袅，萦绕在心头久久不曾散去。

7. 写　情

——从此无心爱良夜，任他明月下西楼

李　益

写　情

李　益

水纹珍簟思悠悠，
千里佳期一夕休。
从此无心爱良夜，
任他明月下西楼。

曾经天真地以为，为了那致命的邂逅，为了那命中注定的一见钟情，这一生，我们就会痴守着我们之间的绵绵情话，执子之手，与子偕老。我们曾在佛前许愿，祈祷我们相爱到永远，不离不弃，百年好合。

曾经天真地以为，两个人相恋只要有爱情就够了，可是年轻如我们却忘记了爱情不仅仅是两厢情愿，还有许多的不尽人意往往出乎我们的意料。

永远有多远？当时过境迁，当时位移人，当我们的誓言都变成谎言，爱，还能走多远？可能你会说，你不在乎，不在乎别人的眼光，不在乎世俗的一切。一个月后，你不在乎。一年后，你还会不在乎吗？当世俗的风雨淋湿了我们的爱情，最终，你还是无力抵抗这世间最难的冲突与决裂。

一段爱情，曲终人散。善变的谎言，终于击垮了曾经的海誓山盟，从没有想到过离别，从没想到过这一别就是永诀。喜欢唐诗里的离情别绪，却每每被诗里的生离死别触痛柔肠，以至于泪水潸然。

慢品着这一首生离的悲歌，仿若看到他正涉着大唐的潮水从彼岸走来，手心里擎着那朵美丽的蝴蝶花。前世今生，她是他的最爱，经年后，依然绽放在他灵魂深处。唇齿间锁着经年的爱恋，轻吟着这离人的诗句，有一抹心碎与心痛正颤微微地在心尖弥散开来，沉醉于他和她之间那一场生死绝恋……

这首《写情》的作者是李益（746～829 年），中唐著名的边塞诗人，字君虞，今甘肃武威人，后来迁往河南郑州。大历四年（769 年）进士。初任郑县县尉，同科的人都有所升迁，而李益却久不升，干脆弃官在燕赵一带游历，以写边塞将士戍边的思归情怀见长。后来他被幽州节度使刘济辟为从事，居边关十余年，太和初官至礼部尚书。

十年的军旅人生，他熟悉军旅生活，他以七绝见长，他的《夜上受降城闻笛》：

回乐烽前沙似雪，受降城外月如霜。

不知何处吹芦管，一夜征人尽望乡。

一曲征人望乡，读来让人哀怨不绝，意蕴不尽。颇有王昌龄的边愁之韵味，传说他的绝句之类的诗“每作一篇，为教坊以赂求取，唱为供奉歌词。”他的边塞诗雄浑有力，却又简洁空灵，不乏盛唐边塞诗的豪迈。一直以为军旅的男子，只是喜欢铿锵的诗句，却没有想到他的爱情诗亦写得清雅有致。

他是军人，铁骨铮铮；他是诗人，他侠骨柔肠。这一曲爱情的悲歌，就是缘于名妓霍小玉演唱他的诗而起。先爱上他的诗，又爱上写诗的人。于是他和她就结下了一段尘缘。因诗而起的缘，因诗而起的爱情，造就了一对可怜可叹的人。她倾慕他满腹的才情，徜徉在他的诗词里，和他心心相印，熬尽了相思。彼时，她是大历年间长安城里风尘中的一朵芙蓉花。

霍小玉本是官家的女儿，父亲是唐玄宗年间的武将霍王爷，母亲是王府里侍姬，如若不是适逢安史之乱，或许，小玉会是含着金钥匙出生的女孩儿，每日里吟诗作对，过着自己富贵小姐的惬意人生。可是命运有太多的无可奈何，依如她的爱情一样。母亲怀她的时候，小玉的父亲战死边关。从此，母亲和小玉流落民间，长大后的小玉为了生计才沦落风尘，成为长安城的名妓。霍小玉和李益的遇见，带着宿命的味道。

想来他七尺男儿，却又万般痴情，自是那一回眸的相望，便为她牵肠挂肚费尽思量。他们一见钟情。他们的爱情沿袭了古代文人的路子，落魄公子中状元，才子佳人私定终身后花园。可是痴恋的事，由不得自已。可是他们依然执着地在爱情里沦陷，万劫不复。相恋未必能相守。长相守是一种考验，随时，随地，一生。

李益荣登皇榜，被官派到外地做官。就像 46 岁登科的孟郊，中了进士是何等的荣耀与风光。按照习俗他要回故乡祭祖，古代男子进京赶考或是荣归故里，时常是车马劳顿、久经时日，所以她和他不得不面对别离。相亲相爱的恋人，只求能朝朝暮暮，才不会负了这良辰美景，才不会负了这蜜里调油的爱情。

想必李益一定捧着小玉满是泪痕的脸，安慰着她。说着海枯石烂爱你的心永不变的绵绵情话。他一定信誓旦旦地和她说安心等着他回来，等他回来娶她，做他的新娘。而她在欢场看多了世事多变、男人善变。她苦笑砚墨，他挥笔写下誓言：明春三月，迎娶佳人，郑县团聚，永不分离。

女人天生的敏感，她的潜意识里懂得，离别，多半是劳燕分飞，各奔西东。可她依然愿意相信，李益的誓言是真心的，他是从心里爱着她的。

先时，司马相如一曲《凤求凰》，打动了卓文君的心。才子佳人携手私奔，爱得轰轰烈烈，爱得视死如归。他与她当垆卖酒，夫唱妇随。愿得一人心，白首不相离，可就是这样的爱情却以司马相如遗弃卓文君而告终。卓文君的《白头吟》“躞蹀御沟上，沟水东西流”，爱情里，不计功利得失，简简单单地相亲相悦，不论古今，这样纯粹的爱情究竟有多少？生活不是演电视剧，没那么多有情人终成眷属。

李益终究没能拗过父母之命，没能跨过现实这道坎。现实就是李益是诗人、是才子、是官人，是有身份的人，而霍小玉卑微如尘，不过一欢尘中的女子，纵使有才华，到底也抵不过世俗的眼光。这边的小玉望穿秋水，望断青春，痴情地等待着她爱的男子的归来，来兑现他当初的誓言。生与死都是大事，都由不得自己，有时面对外界的力量，爱情的力量显得是那样的孱弱，宛若霍小玉熬尽相思单薄的身体。她想一生一世和他在一起永不分开，可是她做得了主吗？她不能，他也不能。那边李益已娶了官宦人家的小姐卢氏为妻。

可怜，她到底也没有等来李益的身影，他抛弃了她，他背叛了最初的誓言，没有等到地老天荒，没有等到和她相聚的那一天。这场惨烈的情变，梦里的长相守都变成一纸空谈。可叹她还是睡里梦里念着他，爱着他。命运终是对他们还存着一点怜惜，还是安排他们相聚了。

朝思暮想，心心念念的人儿终于来了，霍小玉是爱恨交加。他把他们曾经的爱情肆意地撕碎，无情地扔在风中，任凭她的心在一点点支离，淌着新的血。

宛若张爱玲写的《半生缘》里，曼祯说：“我们再也回不去了。”而现实就是如此的残酷，现实就是错过了，他们再也回不去了。霍小玉知道，这一生她和李益再也回不去了。得知李益已娶了别的女人，霍小玉心灰意冷，心念已决，终于一病不起。《霍小玉传》记载她临终时，紧紧握着他的手说，“我为女子，薄命如斯！君是丈夫负心若此！韶颜稚齿，饮恨而终。慈母在堂，不能供养。绮罗弦管，从此永休。征痛黄泉，皆君所致。李君李君，今当永诀！我死之后，必为厉鬼，使君妻妾，终日不安。”霍小玉这个恨啊，只因为爱之深才恨之切。

这首诗里的“水纹珍簟思悠悠，千里佳期一夕休。”成为她和他爱情的魔咒。

多情如李益，竟就这样负了痴心守侯的霍小玉，负了她一生一世的爱，负了一世韶华，负了似水流年。他是大唐的诗人，他是风流的才子，他亦是负情的薄情郎。霍小玉的决绝，让人感觉窒息与心痛，让人刹那间心碎如齑粉，痛得喘不过气来，在她留给这世间最后一瞥的时候，她却狠心给他狠狠一击，她这一去，断了他的念想，也毁了他的一生。

虽然在他和她的爱情里，她是占尽了世人同情的目光和怜惜，因为她为爱而亡。而他一世的才名，都因为这一场情变而蒙了尘，他这一生都背负着这一份爱情的债，永世不得安心。

李益的妻卢氏，在这门当户对的婚姻中，她又何尝不是无辜的牺牲品呢？人间自是有情痴，霍小玉在先，然后又青春早逝，她带走了李益全部的爱，面对卢氏时，他只是一具空壳而已，他这一生所有的情和爱都给了霍小玉，他的生命只为她一个人绚烂绽放。是自己一时的软弱才铸成了这样的悲剧，“从此无心爱良夜，任他明月下西楼。”如若现世的我们都曾深爱过，都曾心碎过，就会切身地体会到李益的心痛和悲凉，所谓“曾经沧海难为水，除却巫山不是云。”

在没有她的岁月里，李益纵使能和他的妻举案齐眉，可潜藏在他内心深处的那种痛，蜿蜒到几时才能休呢？她是他永远的爱，也是他这一生的梦靥，每每午夜梦回，他冷汗淋漓，痛断肝肠。可怜李益，牺牲自己牺牲爱情，他并没有修得婚姻的幸福与圆满。

寂寞画鸳鸯相望，一首情歌两人唱，一曲离歌断人肠。一个“佳期”应对“千里”是因他的无情才把他们隔在了银河两岸。一个“休”字，诉不尽他的无奈与凄凉。明月清辉，低诉离殇。纵使“良夜”又如何，这一生一世，他没有资格再想她，于她的痴爱，他是亏心了。

那一次的相见，佳期成诀别，她心碎神伤，悲恸欲决。她走了，把他的爱也带去了天堂，留在这尘世间的唯有他空空的躯壳。痴守的永恒誓言经不起世俗言语，经不起风吹雨打，而她化作一只为情而死的蝴蝶，来世，她会不会变成一朵美丽的花？在遥远的天国依然深情如斯，低唱着他的诗，婉转低迴，催人泪下。

8. 望月怀远

——海上升明月，天涯共此时

张九龄

望月怀远

张九龄

海上升明月，天涯共此时。

情人怨遥夜，竟夕起相思。

灭烛怜光满，披衣觉露滋。

不堪盈手赠，还寝梦佳期。

八月十五，中秋佳节月圆之夜，却不能和你在一起，我们相隔遥远，可是彼此的思念却很浓，你说我们同望着一轮明月，同饮着一江春水，只要我们心无罅隙，纵使远隔千里又如何。月到中秋分外明，那皎皎明月洒下遍地银辉，如水的月光平添了离人的惆怅。

中秋夜是团圆的夜，每逢佳节倍思亲，你是我在这个城市唯一的亲人，也是相亲相爱的恋人，月圆人不圆的夜晚，我唯有把这切切的思念都托给天边的月。当你在城市的另一端遥望着这一轮明月，沐浴着一袭月华时，可否感觉到我心中切切的思念？我低吟着这首属于离人的诗，“海上升明月，天涯共此时。情人怨遥夜，竟夕起相思……”和你低诉相思。

第一眼看到这首词，竟是旧时相识，年少时品读，是那样的只读皮毛，在我年轻的回忆里，我私下里认为，写这首诗的人，在中秋月圆的晚上，遥望圆月，把自己心中所思所想所盼都寄给明月，让它捎给自己牵念的人。而对于这传承千载的诗的作者，竟是那样的一无所知。

《望月怀远》是一首望月感怀之作，词采清丽如水，情致温婉如玉，为后世的读者千古传诵，成为千古绝唱。诗作者被冠以“当年唐室无双士，自古南天第一人”的美称，宰相张悦重其文才，称他为“后出词人之冠。”他是锐意改革的政治家，是继张说之后的一代文宗。他是“开元之世清贞任宰相”的三杰（张九龄、姚崇、宋璟）之一，他是中国历史上第一个担任宰相的岭南人，也是唐玄宗开元之治的最后一位贤相，他的诗，诗风飘逸洒脱，自成风格。他，就是大名鼎鼎的唐代著名贤相张九龄。

张九龄（678～740 年），又名博物，字子寿。唐朝韶州曲江，即今广东韶关人。他是西汉留侯张良之后，西晋开国功勋壮武君公张华十四世孙。他生于一个官宦世家，少年才高，聪慧过人，20 岁时参加科考中进士，做了九品的校书郎。因写出色的策论，张九龄深得李隆基赏识，被升为八品右拾遗。他敢于直言进谏，主张地方官的选拔，他有独到的识人断人的能力，看人很准。开元十年（722 年），连升两级为正六品的司勋员外郎，次年，受到宰相张说举荐，升为正五品的中书舍人。两年后，他又因建议广种稻、广屯田，升为四品太常少卿。

开元十七年（729 年），张九龄 58 岁，被唐玄宗拜为正四品秘书少监、集贤院学士，再升三品中书侍郎。62 岁时，升为正三品中书令，加封金紫光禄大夫称号及从二品始兴开国伯的高爵位，位居尚书左丞相之上。

他的仕途生涯一帆风顺，芝麻开花节节高，唯一一次的降职处分，是晚年中书令任上，受奸臣李林甫嫉妒，降了半级，改任尚书右丞相，后又贬为四品荆州长史。他性情温雅，性格耿直，才学超群，举止风雅，风度亦佳，被誉为“曲江风度”，并深得唐玄宗李隆基赏识。在他被罢官之后，唐玄宗每每启用新人，总是习惯性地问一句“风度能若九龄乎”？

张九龄曾尖锐地向唐玄宗指出安禄山“有狼子野心，面有逆相，臣请因罪戮之，以绝后患。”而唐玄宗一时吃不准怕误害忠良。张九龄死后没几年，安禄山造反掀起安史之乱，唐从全盛走向衰落，唐玄宗想起张九龄当年的卓见痛悔万分，并派人亲自到曲江祭奠他。

张九龄是以著名政客的身份走入人们的视野的，可他不仅是一个好宰相，还是一个文章高雅的好诗人。王维曾赞颂他的诗篇，并被张九龄提拔为右拾遗。杜甫曾作著名的《八哀诗》寄托对张九龄等人的伤悼之情。张九龄被贬荆州时，曾纳孟浩然为幕府幕僚。

月华如昼，他思念远在帝都的亲人，整夜难眠。

张九龄的“海上升明月，天涯共此时。”一经吟出，便照耀古今，成为千古流传的佳句。一轮圆月从海岸线上冉冉升起，直到月挂中天，大千世界的每一个角落无一不沐浴着这如水的月华。

张若虚的“春江潮水连海平，海上明月共潮生，”这一首望月的情诗，恰是合了这首《望月怀远》的节拍，有异曲同工之妙。不同的诗人不同的诗作，一样的多愁善感一样的真性情，抒发着一样的离愁别绪。

“大海、明月、天涯”，诗人平铺出一幅别样的人间美景，品读后让人视野开阔，意境豁达起来，张九龄的诗，是那样的独具匠心，不愧为大家手笔！

想那时已近晚年的张九龄，一定是经历了尘世间的风风雨雨，世事皆已洞明。对于生活和环境的艰辛早已能坦然面对，在异地他乡也能安稳地工作和生活，他爱着他的大唐，爱着他的百姓，想必他一定是忘我的工作，唯一难以面对的就是在他乡适逢佳节。张九龄，他是那样的感性，面对一年一度的中秋节，他独自赏月，一定会独斟浊酒，于浅醉之中，思念远方的家人。

虽然这一句“情人怨遥夜，竟夕起相思”经历了后世经年的演绎已慢慢成为恋人之间心心相印，绵绵相思的妙词佳句。可于那年那月那山那水，那时的张九龄，竟然是那样的百般惆怅，不知道妻子是否一切安好，不知道孩子们可否在认真读书，不知道老母亲还康健否？这一切一切都在月圆之时涌进他的诗、他的梦、他的思念之中。

恋人之间因为苦苦相思，又无以相见，哀叹长夜漫漫，几经辗转彻夜难眠。而此时的张九龄，同样因为月圆人分散而勾起无限的愁思，惨淡的烛光辉映着他孤单的身影，他也是反反复复不得入眠。

“灭烛怜光满，披衣觉露滋。不堪盈手赠，还寝梦佳期。”万千的思念和愁思无以排解，只好吹灭蜡烛，窗外的月光在卧室弥散，月亮亦是通灵的吧，月色正浓，思念正浓，张九龄睡意全无，他沐浴在一抹月光里。

来回徘徊着、低叹着，最后他干脆披衣开门来到院子里，仰望着中天的明月，陷入深深地沉思之中，夜色轻寒，中秋的寒露不小心就打湿了他的衣襟，他才从沉思中惊怔地醒来。月亮真美啊，他多想伸出双手捧在掌心，送给远方的亲人，可是，如此的异想让他哑然失笑，他感叹自己的童稚，一定是思念太重太浓吧。

还是回屋吧，出门在外，得珍重自己，纵使难遏万般的思念，也不能因此熬煎了自己的身体。睡吧，但愿今夜好梦皆无数，在梦里，他一定会见到妻和孩子们。

好一个真情的男子，他因相思过重而或痴或呆，那清晰的形象竟是如此精准的十个字便能勾勒得惟妙惟肖。一个“灭烛”一个“披衣”，不过是为了紧紧追随月亮的脚步，想让它在自己的身上多多停留片刻，这岂不正是合上张若虚的“此时相望不相闻，愿逐月华流照君”的旋律吗?

张九龄诗里的月是灵动的，是有鲜活生命的，他的情是深远的，他的落寞却又是清冷的、凉薄的。然而，他的思想却是积极的向上的，宛若一支和谐的乐曲让人感觉清音袅袅，余韵无穷，如品一枚熟透的橄榄，满口芬芳。

9. 如意娘

——看朱成碧思纷纷，憔悴支离为忆君

武则天

如意娘

武则天

看朱成碧思纷纷，
憔悴支离为忆君。
不信比来长下泪，
开箱验取石榴裙。

上天赐予武则天国色天香美容貌，而且她又聪颖好学，尤其偏爱历史和文学，气质超群。武则天 12 岁时父亲去世，她和母亲受到族兄的虐待。贞观十一年（637 年），因唐太宗闻其美貌，把武则天纳入后宫，赐名武媚（所以别称武媚娘），被封正五品的才人，那年她正值花样年华，年方 14 岁，还是个天真活泼的花季少女。武则天在皇宫的日子，因为她和皇九子李治年龄相当，又性情相投，早已暗生情愫，私下里郎情妾意，心心相印。

贞观末年，唐太宗驾崩。按照宫廷规矩，凡是没有生育子嗣的嫔妃都要到皇家的寺院削发为尼。武则天虽是一个小小的才人，可也得随众人出家。一般出家的妃嫔注定今生一世就青灯古佛，形影相吊，孤独一生，再无凡俗世的生活。临别时一对私下相恋的恋人偷偷相见，李治信誓旦旦和媚娘许下誓言，将来如若登基，就接她回宫。

武则天来到了依山傍水的长安西郊感业寺，这里和皇宫一个天上一个地下，她过着炼狱般的生活，每天饱受老尼的折磨与摧残，因为这些势利的老尼姑们认为但凡来感业寺的先帝的妃嫔，就是落地的凤凰，这辈子也别想飞回去了。其实，对于身体受到的折磨，坚强的媚娘都可以忍受，可是她内心对李治的思念却是让她身心憔悴。

可媚娘是一个骨子里很强硬的女子，她像一朵饱经风霜的梅花，在风雪中傲然挺立。她身在佛门却凡心不死，一颗心系在大唐那高高的宫墙内，她的心都系在李治的身上。她忘不了她深深爱着的男子，她相信她的九郎一定不会辜负她的爱，一定会如期践约，一定会来接她回宫的。

再苦再难，她的心里从来都没有放弃过希望，那时的媚娘把她的命运的爱情都寄托在李治的身上。因为这个和她深深相爱的男子，给了她绚烂青春里最美好的爱情，让她在充满功利的险恶的深宫感受到了爱情的温暖和美好。

历史，总会给本是很美好的东西蒙尘，爱情也是一样。后人总是习惯性地丑化武则天，认为她和李治之间的感情以是权力为基础的，可我宁愿相信，在她尚且年轻的时光里，一个二十岁的女孩和一个二十五的男子，是该两情相悦的。那时，她还不是皇后，他也不是皇帝，他们的爱是至真至纯的，不掺一丝杂质，在世俗的夹缝中茁壮成长。那一抹爱情之树的绿荫足可以成为媚娘逆境中的精神食粮。

这首《如意娘》就是武则天在感业寺时所作，是一曲写给李治的情诗，短短28个字，却道尽了别离后的凄苦与悲愁。人生如梦，长安一别，已近一年，她无时无刻不在思念着宫墙内的李治。

那是贵为太子的男子啊，他会不会兑现他曾经许下的诺言？和他相依相伴的时光是美好的，美好到身在佛门的她总是朝思暮想、夜不成寐。

最是那翩翩少年郎才是她意中人的模样，他的温煦的笑容，在她的心湖荡漾着微波，她相信生命中的一见钟情，就是那种刹那间怦然心动的感觉，纵使不能脱离凡俗，她依然相信自己的感觉，他是她的爱。

夜夜梦里有他，她愿相思成灾，她愿在这万般纠缠的情思里万劫不复，深深地沦陷。这曲相思曲恰好拨动了媚娘心中的琴弦，好一句“看朱成碧思纷纷”，都是相思惹的祸，爱到浓时已成痴，恍惚迷离中，就把红色看成了绿色。

南朝（梁）王僧孺的一首《夜愁示诸宾诗》：

檐露滴为珠，池水合成璧。

万行朝泪泻，千里夜愁积。

孤帐闭不开，寒膏尽复益。

谁知心眼乱，看朱忽成碧。

想必对文字特别偏爱的媚娘一定是喜欢极了这一句“谁知心眼乱，看朱忽成碧”，这才活学化用了他的诗句。

如今花褪残红，飘零的瓣都碾落在泥土里，距离让她陷入相思的轮回里不能自拔，不知道分别已久的他，还好吗？还记不记得当年和她说的绵绵情话，深宫里的美色如云，他可否还记得渺小的她？

“朱”和“碧”两极，反差很大的颜色，不是恰好诠释了媚娘心底深处那牵牵绊绊、缠缠绕绕的思念吗？

“看朱成碧”一词影响了后世的诗人，比如李白的《前有樽酒行·其二》有诗句云，“催弦拂柱与君饮，看朱成碧颜始红。”辛弃疾的词《水龙吟·倚栏看碧成朱》里有这样的句子，“倚栏看碧成朱，等闲褪了香袍粉。”李白，因为感叹青春易逝痛饮美酒，醉眼迷离时，视觉模糊才看朱成碧，而辛弃疾倚栏看群山，由春天的碧绿转眼变为满山残红。想必这二位著名的诗人都是承了媚娘的意，才延伸出这样美的诗句。

此一曲，多情的媚娘已沦为相思的囚，越缠越绕相思越浓。那段人生最失意时光里，媚娘是执着的、坚强的，可有时她也是脆弱的，毕竟只是一个多情的女子。命运让他们生生地分离，她不怨天不怨地，她之所在能这样恶劣的环境里生存下去，在她看惯了世事纷扰，看透了世态炎凉之后，唯有和李治的那段爱情可以温暖她冰冷的心。

“憔悴支离为忆君。”年轻的媚娘是坦诚的，是真纯的女孩，她对情人的思念是那样的直接又赤裸裸，她的万般愁思是纠结的，她的万缕柔情乱作麻团。爱，是一种信仰。从古至今，痴情的人都是一样的，一份至真的爱情总是能感天动地，不得已而分离，只为曾经的誓言而不改昨日的执着。

思念是一种病。患上了这种病便久治不愈，任由相思的潮水在每一个寂寥的时刻泛滥成灾。我在这远离皇宫的去处，为你熬尽了相思，每一个梦醒时分，我都会淌下相思的泪滴。你如若不相信，那就开箱看看我石榴裙上的泪痕吧。

这后两句的“不信比来长下泪，开箱验取石榴裙”把媚娘的真性情诠释得澄澈透明，她是个敢爱敢恨的女子，她的决然，她的果断，她的本真，都是那样的让人怜惜。

而此时的她却又是惆怅的、幽怨的、孤苦无依的。

如若李治不要江山而要媚娘这样一个痴心爱着他的女子，只要彼此心中有爱，即使着布衣像世间寻常百姓一样过着粗茶淡饭的日子，也是一种幸福。

李白的《长相思·其二》：

日色欲尽花含烟，月明欲素愁不眠。
赵瑟初停凤凰柱，蜀琴欲奏鸳鸯弦。
此曲有意无人传，愿随春风寄燕然。
忆君迢迢隔青天，昔日横波目，今作流泪泉。
不信妾断肠，归来看取明镜前。

想那样豪放潇洒的李白也会写出这般缠绵悱恻的怀人诗，宛若做皇帝后的媚娘却显现出她刚强与武断一样，不论男子或是女子，他们的性格是多面的，这整首诗的意境和媚娘的这一曲是惊人的相似，可以说才华横溢的诗仙到底也没有超越一个女子。

所以李白吟罢这一首新写的诗，趁着墨色未干呈给他的夫人赏读，没想到夫人却笑侃他，“君不闻武后诗乎？不信比来常下泪，开箱验取石榴裙”。李白听后不禁自叹谁说女子不如男。

媚娘的“不信比来长下泪”和李白的“不信妾断肠”一个“不信”一个“断肠”，这一句“不信”里的女子却诉说着断肠的相思。

一个是才女，一个是才子，却都是独一无二的诗人，所以才会为我们留下那么多经历了岁月的洗涤，却依然墨色不减的文字。在武则天留给后世的诗作中，这一首属上乘之作。这一首诗融入了南北朝乐府风格，诗句明朗诗意委婉，宛若一泓碧溪，曲曲折折却又静水流深，清新又自然。

媚娘那份相思的无可奈何，想来李治一定是心有灵犀听到了吧，所以才借祭奠父皇的日子去了感业寺，偷偷会见了离别好久的媚娘。祸兮福之所伏，那些狠毒的老尼姑恐怕没有想到，这栖身在感业寺的先帝的遗孀，佛门的女弟子竟有了出头之日。

宋朝李之仪的名句“只愿君心似我心，定不负相思意”，给这首溢满了真爱的情诗划上一个最美的注脚。在这个喧嚣的人世间，不论我们相隔多远，只要我们心里拥有一份爱情，生命之树便可以伞叶如盖。

10. 送孟浩然之广陵

——孤帆远影碧空尽，唯见长江天际流

李　白

送孟浩然之广陵

李　白

故人西辞黄鹤楼，
烟花三月下扬州。
孤帆远影碧空尽，
唯见长江天际流。

人生难得拥有几个真心的朋友，那是一生最可贵的财富。心与心的交织让我们心心相印，惺惺相惜。因为拥有共同的理想所以相约一起走。在你辉煌的时候，朋友会为你鼓掌喝彩，高歌一曲。在你失意落魄的时候，朋友对你真心相拥，给你安慰和力量。朋友之间纵使分离，无论距离远或近，心与心永远相牵。无论时光如何改变，彼此间的默契与情分永远不变。

这一首老少皆知的送别诗，它充满诗情画意，洋溢着特殊的情味。因为它诞生在唐朝开元盛世这个特殊的历史时期，它的作者是一个很特别的人，他是盛唐诗坛上一颗最耀眼的星辰，他有潇洒不羁的个性，更有傲然挺立的风骨。他吟道，“安能摧眉折腰事权贵”，他骄傲、他霸气、他狂放。他自信非凡，“天生我材必有用，千金散尽还复来。”他闲来垂钓碧溪上，他感叹，“行路难，多歧路，今安在？”他慷慨激昂，疾呼“乘风破浪会有时，直挂云帆寄沧海。”他时而奏响豪迈的千古绝唱，他时而也低吟婉约的缠绵情诗。他吟着“抽刀断水水更流，举杯浇愁愁更愁。”他摘下男儿豪放的面纱，也细腻写道，“郎骑竹马来，绕床弄青梅。”他怅然，“长相思，摧心肝，美人如花隔云端。”

他是月奴，“举杯邀明月，对影成三人。”他邀友共饮，“青天有月来几时，我今停杯一问之。”

是他，独一无二的他，随心所欲地把自己的满腹才情和风流放飞在大唐的万里高天上。唐代的诗人人才辈出，各有千秋，唯有他独占鳌头。他的诗挥洒自如，充满灵性，他文彩熠熠生辉，被贺知章称为“谪仙人”。“诗圣”杜甫赞誉他的诗“笔落惊风雨，诗成泣鬼神。”又慨叹他“痛饮狂歌空度日，飞扬跋扈为谁雄。”他的诗与斐旻的剑舞、张旭的草书被唐文宗称为“三绝”。清代光绪年间的进士陈云浩有句楹联：盛唐诗酒无双士，青莲文苑第一家。

现代诗人余光中的诗：

酒入豪肠

七分酿成了月光

余下的三口啸成剑气

绣口一吐，就半个盛唐

这“无双士”，这“第一家”，这吐出“半个盛唐”的人，前无古人，后无来者，他就是中国最伟大的浪漫主义诗人，大名鼎鼎的“诗仙”李白。李白（701～762年），字太白，号青莲居士。

李白，一生没有迈进科举的门槛。他从25岁便独身四处游历，天宝年间经道士吴筠推荐，李白在长安供奉翰林。他仅在京城三年，因藐视权贵弃官，继续他路迢迢走四方的漫游人生。“安史之乱”的第二年，李白加入了永王李璘的幕府，永王和唐肃宗李亨争夺帝位兵败，李白受到牵连，被流放夜郎，在现在的贵州境内。李白晚年依然漂泊直到病逝，他一辈子诗酒风流，最后因酒而死。

唐玄宗开元十三年（725年），李白乘船从四川沿长江东下，在秀丽的山山水水之间游历，他到了湖北襄阳时，时常在黄鹤楼上饮酒赋诗，诗人的快意人生自然是诗酒风流，李白曾因崔颢的《黄鹤楼》而发出“眼前有景道不得，崔颢提诗在上头”的感叹。但他也写下了亘古的诗篇《登凤凰台》，“三山半落青天外，二水中分白鹭洲”就是其中的名句。

李白和孟浩然初识时，李白还在安陆，那时李白才28岁，正值年轻的好年华，可他诗名甚微，而孟浩然正值不惑之年，却早已名声远扬。

李白曾写下一首《赠孟浩然》：

吾爱孟夫子，风流天下闻。
红颜弃轩冕，白首卧松云。
醉月频中圣，迷花不事君。
高山安可仰，徒此揖清芬。

年龄相差 12 岁的李白和孟浩然结下了深厚的友谊。李白还不到而立这年，青春飞扬，气宇轩昂，他眼里的大唐是炫彩的。而孟浩然已人到中年，书卷味的气质，卓越的才华，更添了些中年男子的儒雅。

这一次李白与朋友在黄鹤楼饮酒做诗，听说他仰慕已久的诗坛前辈孟浩然隐居在离襄阳城不过十五里的鹿门山中，便立刻携自己的诗作前往拜见。

李白在襄阳的日子，孟浩然盛情款待，并热情作陪，他们一同游历当时美景，吟诗作赋，畅谈人生理想，慨叹国家形势。他们是习性相投彼此间默契的朋友，二人的友谊成为盛唐诗坛的一段佳话。

李白的这首《送孟浩然之广陵》全名该是《黄鹤楼送

孟浩然之广陵》。孟浩然要去扬州了，李白约孟浩然来到他喜欢吟诗的黄鹤楼。再度重逢，本就情谊深厚的朋友自然是心情愉悦。正是盛唐最繁华的时节，太平盛世的岁月，恰逢阳春三月。李白本是一个喜欢四海为家的人，平生就喜欢白云悠悠蓝天依旧，沐一路芬芳自由自在去飞翔。

首句“故人西辞黄鹤楼”直接点明和朋友送别的地点。李白这一曲送别诗写得如此雄浑壮阔，除却他卓越的才华，当然还有客观的因素。唐时的黄鹤楼在武昌黄鹤矶上（即现在的武汉长江大桥武昌桥头），它和湖南的岳阳楼、江西的腾王阁并称“江南三大名楼”。

历史悠久的名楼因历朝诗人的登临留下千古名篇而声名远扬。比如宋代范仲淹的《岳阳楼记》、初唐王勃的《腾王阁序》，还有崔颢的《黄鹤楼》，再加盛唐这一首《送孟浩然之广陵》。

黄鹤楼素有“天下绝景”和“天下第一楼”的美称。黄鹤楼得天然之势，地理位置独特，它背倚武昌城，面朝长江，相对晴川阁。登临黄鹤楼，武昌三镇的旖旎风光尽收眼底。文人雅士纷纷登临，赏景赋诗。此时此刻，李白和孟浩然这两位顶尖的诗人，正畅游在黄鹤楼。

盛唐暮春的黄鹤楼，早已是杨柳依依，江岸边繁花点点，春花烂漫，绿树成荫。放眼远处滚滚长江水，碧波悠悠，不息东流，浩荡江面上烟波浩淼，小舟如织，风景盎然。在黄鹤楼，他们都是老店熟客，此时，他们故地重游，更是流连。李白和孟浩然愉快地享受着这一次离别前的好时光。他敬仰他的人品，喜欢他的诗作，此番送别自然是情意绵绵。

终于到了分别的时候，李白把孟浩然送上小船，依依话别。李白二十岁出川，二十五岁远游。送孟浩然时恰逢他结束了吴越之游，“烟花三月下扬州”之时，江南纤巧的山山水水自然在他心中。

扬州是他亲历过的城市，这一别自然唤起他的回忆。因此他对这名山名水壮丽的风景有着准确的把握和感应。李白正处风华正茂的嘉年，前途、人生在他眼里都是闪着金光的。所以他能把一首送别诗写得如行云流水，却又灵动飞扬、情真意切。

烟花三月、浩瀚长江，风流倜傥的青年诗人，烟波、行舟错落有致地平铺着拉伸着，诗人的画笔潇潇洒洒就勾勒出一幅意境开阔却又情丝缠绕，色彩亮丽明快却又墨色旖旎的送别画卷。执这一帧秀丽的画卷，作别那边淡然飘逸的兄长、朋友。难怪清代的蘅塘退士都评点这句为“千古丽句”，名副其实。

载着孟浩然的小船缓缓扬帆，驶离了李白的视线，李白还翘首站在江岸边，目送着那小船渐行渐远。孟浩然的身影变为一个模糊的黑点，人和船一起消失在天水相接的尽头。李白依然向着友人消失的方向远远眺望着……

他的知己朋友远行了，他的心也跟着随船而去……一江春水缓缓东流去，澎湃着他心中对孟浩然的无尽祝福和牵念，他愿他的兄长和朋友此次远行，风雨兼程，一路平安。

这首千古送别佳作，后两句是前两句的升华，“孤帆”“远影”无形中拉开了诗人与小船的距离，让品读的人都能身临其境，感觉诗人那随孤帆而飘荡、随小船而漂泊的情感。

离别的情愫融入碧水、江水之间，随波荡漾，诗尽，意未了，留下悠长的蕴味……

11. 长干行（其一）

——郎骑竹马来，绕床弄青梅

李　白

长干行（其一）

李　白

妾发初覆额，折花门前剧。郎骑竹马来，绕床弄青梅。

同居长干里，两小无嫌猜。十四为君妇，羞颜未尝开。

低头向暗壁，千唤不一回。十五始展眉，愿同尘与灰。

常存抱柱信，岂上望夫台。十六君远行，瞿塘滟滪堆。

五月不可触，猿声天上哀。门前迟行迹，一一生绿苔。

苔深不能扫，落叶秋风早。八月蝴蝶黄，双飞西园草。

感此伤妾心，坐愁红颜老。早晚下三巴，预将书报家。

相迎不道远，直至长风沙。

感动于这样的小故事。他和她还尚在宛如这首诗里的“郎骑竹马来，绕床弄青梅”的青涩年岁，稚嫩得掬一捧清浅的岁月，都水灵得能掐出水来。他们一起手牵手上幼儿园。寄宿的岁月你帮我系餐巾，帮我拉外衣的拉链，小朋友欺负她，他会冲上去打抱不平……诸如种种，这便算是两小无猜。六七岁的小男生和小女生心里便有长远又宏大的人生目标，他对她说，他要念幼儿园，念小学、中学、大学，然后工作多年后和她结婚。

羡慕这样的年岁，羡慕似这般清浅澄澈如溪水的小时光，有几分孩童的率真，有几分大人般的伪成熟。天真到以为牵手喜欢便可以和对方结婚，而那时他或她尚不知道结婚究竟是怎样的含义，他和她都稚嫩到不知道天长地久有多久，不知道一生一世有多长，便相约一生一世一辈子一起走。

喜欢李白的很多首诗和词，他的作品集豪放浪漫于一体，精彩纷呈，他为仕途写诗，他为战争写诗，他为征人写诗，他更为那些孤单留守的女子写诗。北宋王安石曾评说："太白词语迅快，无疏脱处，然其识污下，诗词十句九句言妇人、酒耳。"李白诗的内容沉迷于妇人和酒，因此他评价李白乃"堕落文人"。

他留传后世的 900 多余首诗中，其中反映妇女生活的诗篇就多达 250 首，平均每四首诗就有一首是咏妇人的。

这一首《长干行》便是李白闺怨诗里最著名的一首，大约写在诗人游安陆时的漫游时期。李白 24 岁仗剑去国，出蜀道漫游，曾经有过很长一段时间漫游在汉水流域和长江中下游一带。

李白经巫山过荆门，路过荆门时写下了著名的《渡荆门送别》，"仍怜故乡水，万里送行舟。"一路走一路游，经达江陵，泛舟于洞庭，同年秋天来到金陵。自六朝以来，古老的金陵一派繁华，城市的经济文化中心，熙熙攘攘的商人频繁往来。李白的青春有近十年的时光都停驻在这里，并在安陆娶妻生子。

他了解这里的山山水水，花花草草，枝枝叶叶，了解这一片土地上的每一种风土人情，更了解生活在这片肥沃热土上的商家的女人。此一首诗便写尽商妇女子的爱情别离的故事，写尽商妇心底最缠绵的相思。

那部古老的影片《两小无猜》片名便缘于李白的这一首《长干行》，里面有这样经典的语句：世上所追求的爱，是心心相印的默契，是两小无猜的情怀，是同甘共苦的相伴，是携手白头的幸福。

李白为我们留下了这缠绵婉转、感情细腻的情诗，也为我们留下了“青梅竹马，两小无猜”的千古佳语。

《长干行》又作长干曲，乐府旧题，属乐府《杂曲歌辞》调名，原为长江下游一带的民歌。源出于《清商西曲》，内容多为描写船家女子的生活。江东地区称山岗之间的空地为干。金陵，即现在的南京，其南有山，山间为平地，官吏与百姓杂居在一起，有大长干、小长干之称。古代长干地区的居民行商行船往来于水上，金陵的富庶与繁华，衍生了许多动人的歌吟。

巧得很，唐代著名诗人崔颢也写过一首诗和李白这一首同名，名曰《长干曲》：

君家何处住？妾住在横塘。停船暂借问，或恐是同乡。

家临九江水，来去九江侧。同是长干人，生小不相识。

其实这一首《长干曲》本为四首，这只是其中的前二首。船家女子江上荡舟，和同乡萍水相逢巧遇于水上，欲向对方打听下关于故乡的情况又怕对方误会。第一首女子问，第二首男子答，宛若今天的男女对歌。

同是发生在长干里的青年男女的故事，此一首不施辞藻，人物鲜明，两个人的回答，妙趣横生，情趣盎然，是一曲语言洗练质朴的小诗，整首诗洋溢着浓郁鲜活的民歌气息。

崔颢的这一首旋律明快，语言清晰，小男女的美丽邂逅让人忍俊不禁，读来倍感有趣。而李白的《长干行》却在描述小儿女纯美恋情的基础之上，平添了些许成熟和深沉的韵味。当年崔颢题诗黄鹤楼，让后到的李白为之搁笔，生性那么傲然的李白是既倾慕又嫉妒啊，这一曲《长干行》怎能再输于崔颢。就个人而言，我认为这两位以才名和饮酒著称的唐代的名诗人的千古名作自然是各有千秋。《长干曲》炫一抹魏晋光华，惊艳在风流绝代的唐朝的江面上，又一曲优美的曲调便随波荡漾开来，果真“白也诗无敌”。

两个人能从“郎骑竹马来，绕床弄青梅”，从“两小无猜”的年岁，一直相亲相爱相依相伴，一直到白头，这中间得经历多少风风雨雨跨过多少沟沟坎坎。那一日，他背着行囊驾船离了家，她便坠入等待的轮回里。亲爱的，你还记得吗？从很小很小的时候，我们便是邻居，我们一起唱起长干里的童谣，一起长大。

记得当时，我还是一个很小的小女孩，那时额前的发，轻轻梳起刚巧能在额前留一个漂亮的刘海，胡同里没有多少可以玩耍的东西，我常常折一枝不知名的小花在家门前嬉戏，我喜欢这里，喜欢这里的花花草草，我沉寂于童年纯净的小时光里，并能自得其乐。

你总是跨在用竹竿做成的马，跳着绕着我坐的小板凳玩耍，从早到晚，乐此不疲。有时，你玩累了，就会和我一起并肩做在地上，用你手中的竹竿画一些美丽的图案，你也教我写下自己的名字。我们一起仰望着胡同上方的一角蓝天，望着偶尔飞过蓝天的白鸽，那清脆的鸽哨便走近我童年的梦，连同你模仿鸽子鸣叫的口哨声。有时，大人不在家，骑马疲惫的你会倚着我的肩膀轻轻睡着了，那样静谧的午后，雁儿在林梢，你的笑容顽皮地挂在嘴角，多么恬淡的时光，我们两小无猜，互不猜疑。

“妾发初覆额，折花门前剧。郎骑竹马来，绕床弄青梅。同居长干里，两小无嫌猜”。

诗的前六句，描述女孩烂漫的童年时光，那和小男孩在长干里一起成长的青涩岁月，便是她童年乃至整个生命里的小幸福。这种回忆伴随她从童稚的年岁一直长大。

诗中的“折花、剧、骑竹马、弄青梅”，一系列孩童温馨的生命小细节，罗列着她和他童年时那天真烂漫的小情态。我仿佛看到那留着美丽的刘海，扎着羊角辫的小女孩那美丽童颜，小男孩那如溪水般晶莹的眸和眼眸里氤氲着的懵懂的眼神。

李白真不愧为大家手笔，起笔便用简单的笔触为读者勾勒出一副清浅的素描，这幅画有时间、有地点、有人物、有环境、有故事、有细节，纯粹又洁净，宛如女孩和男孩干净的年岁。一语一场景，直白与婉约同步，感情与故事并行，我才知道原来是那样极致豪放着的李白，在他风流不羁的外表下，还隐藏着一颗如此温柔细腻多情的心。

女孩，被长长的离别切开相思与回忆的口子。她的思绪便随着记忆的潮水开始向上漫溯。羞答答的玫瑰静悄悄地开，那尚为青涩的季节，她便是那一枝绽放的红玫，新鲜带露。

“十四为君妇，羞颜未尝开。低头向暗壁，千唤不一回。十五始展眉，愿同尘与灰。常存抱柱信，岂上望夫台。十六君远行，瞿塘滟滪堆。五月不可触，猿声天上哀。”

犹记得初婚时候，我才十四岁，懵懵懂懂地就做了你的小新娘。一起长大的玩伴，忽然结发成了你的妻子，我真的都没有准备好，却和你一起叩拜了天地，叩拜了爹娘，和你手牵手进了洞房。新房里红烛高照辉映着浪漫与朦胧，大红喜字映红了我的脸。送走嬉闹的朋友，你轻轻掩上了房门，我慌乱极了，我不敢抬眼正视你的眸，我害羞得全身发抖，躲避到墙角一隅，慌乱地抠着墙壁，任凭你在身后热情千呼万唤，我也不肯回头。

可是你知道吗？你站在我身后的刹那，我的心跳如擂鼓，鼓点铿锵中，我早就乱了方寸和节拍。

初婚的甜蜜与羞涩，我想每一个已为人妇的女子都会记得，那是一生中最美的回忆，那是小夫妻生活的绚丽开始。感慨李白如此传神细腻的笔触为我们勾勒出一幅生动形象的女子初婚图。朴实直白的诗句，映照着她和他透明圣洁的爱情。

十五岁，我笑开双眉，我已经慢慢习惯了和你在一起的生活，我们的日子不算富裕却过得甜蜜温馨，蜜里调油的生活，滋润着我的生命，生命里有你真好。我心里暗暗发誓，这辈子只做你的妻，和你共守这漫长的岁月，直到白头哪怕化为尘灰，我对你的爱不会改变。你心里常存尾生抱柱般坚守爱的盟约，你像尾生爱他的妻子一样痴爱着我，我这一生便不会登上望夫台。融入了两小无猜的感情的婚姻基础坚实又牢固，比起那些父母包办媒妁之言的婚姻不知道要幸福多少。婚后的日子，小夫妻恩恩爱爱相敬如宾如胶似漆。可是似这般安定幸福的日子没有多长久，16 岁时，你离开我，离开我们的小家外出谋生。五月里瞿塘峡，有可怕的滟滪堆，夏季来临，江水涨潮，险滩暗礁难辨，你出门在外一定多多注意安全。你为了我们的日子过得更好才辛苦经商，在外面餐风宿露，风雨兼程，我为你担心，也很心疼。两岸苍茫的高山上，猿猴的嘶鸣凄切又悲凉，宛如我心底深浓的挂念与思念。

这一部分按照“十四、十五、十六”年龄序数描写商妇的生活历程，其中，一岁融入具体详细的生活场景，赋予整首诗丰富的生活内涵。

《孔雀东南飞》里也这样写道：孔雀东南飞，五里一徘徊。十三能织素，十四学裁衣。十五弹箜篌，十六诵诗书。十七为君妇，心中常苦悲。这几句按年龄写的诗句，只作为整首诗开篇的引子。

此一曲女子的回忆之水在她开启心灵闸门的那一刹那，便如骤然喷发的泥石流，沿着记忆的山巅奔流而下。她的心早就跟着远行的他远行了，她的心思都牵系在他的身上。她说，亲爱的人，请你放心，我在家替你孝敬双亲，每一次你写信说要回来，我都会激动得好几个晚上都睡不好，我依如初婚时焦躁不安，我宛如当初那个娇羞的小新娘，在期盼着远行的夫君早日归来。

南朝民歌《欢闻变歌》：

锲臂饮清血，牛羊持祭天，没命成灰土，终不罢相怜。

仅四句诗，二十个字，却描述了少男女少之间那种生死与共的恋情。牛羊祭天，滴血为盟，这辈子即使化成灰也要去爱你。

彼一曲《长干行》里的女子，在心里暗暗发下的誓言，比起这一曲诗里的女子对爱情的坚贞与忠诚是有过之而无不及。这一部分李白特意用典，尾生抱柱出自《庄子·盗跖》：讲的是，古时有一个男子名叫尾生，他和他深爱的女子约定在桥下相会，女子未来尾生先到，江水忽然涨潮，尾生不愿意爽约，便抱着桥柱寸步不离，最后被活活淹死在水中。

古时关于“望夫台、望夫石”的传说有很多，都是丈夫宦游在外，长期未归，妻子站在山石上，望穿双眼盼亲人，盼回归，久了便化作山石永远守候在那里。

诗人此处连用两个典故，只是为了渲染诗中女子对丈夫的一片赤诚与忠贞不二的心。并运用了“猿啼”这一意象，渲染了女子对外面的丈夫的深切牵挂。回忆的潮水退却，现实是那般的残酷与无奈，丈夫远行已经很久了，久得空留多少无望的等待。

“门前旧行迹，一一生绿苔。苔深不能扫，落叶秋风早。八月蝴蝶黄，双飞西园草。感此伤妾心，坐愁红颜老”。

亲爱的人儿，我不知道多少次站在家门口，翘首北望，不知道何时在门前留下的足迹已长满了浓密的青苔，青苔之上又覆盖了厚厚的落叶，厚厚的青苔扫之不去，厚重的落叶碾落成泥。走了这么久，不知道变了没有，你是否会想起我哭泣的模样，想起我们在一起举案齐眉恩爱的时光。彼时，这个形单影只的寂寞商妇，等了好久，早已相思成灾，她的心每时每刻都在忍受熬煎，空守孤灯的长夜有谁与共，不过是影子在陪她的清冷。

我不知道独自送走了多少个春与夏，转眼又是秋天了。我还在苦苦等待，我还在盼着你回来。八月里的蝴蝶双双在园中飞舞戏耍，很羡慕这些快快乐乐相依相伴的蝴蝶，它们都能双宿双飞而我却是孤单一个，多少青春已逝，在漫长的等待与思念中，我都老了。

她的惆怅、她的孤单、她的寂寞、她的孤苦伶仃，没有忍受过分离的人又怎能感觉得到。可是痴情于她，纵使等待中有那么多的心惊胆颤，有那么多的无奈与孤独，可是她还是愿意等下去。

“早晚下三巴，预将书报家。相迎不道远，直至长风沙。”

亲爱的人儿，你不论何时归来，都要提前给我捎封家信来，我好去迎接你，就算到离家七八百里的长风沙去迎接你，我都心甘情愿，我真的好想你。她是那样急切地想见到他，她心里巴巴地在盼着，一旦远方捎来他的消息，她便连日启程远道相迎。

这一句“直到长风沙”。仅五个字就把她那积压在心底已久的热烈又奔放的爱，那浓烈的相思释放得淋漓尽致。这样的格调高绝，这般的气象阔大，当属大家李白的手笔。

《唐宋诗醇》里评论道：“儿女子情事，直从胸臆间流出。萦迂回折，一往情深。”一首节律舒缓和谐的情诗，配之形象生动灵性的语言文字，丰富的生活内容，被诗人的妙手剪接合成为一帧蕴含浓厚生活韵味的生活图景。栩栩如生的人物，真抒胸臆的情感，从生活侧面带动全景，四溢着柔和深沉的美，品罢整首诗更加缠绵悱恻，更加真切动人。

12. 赠卫八处士

——人生不相见，动如参与商

杜　甫

赠卫八处士

杜　甫

人生不相见，动如参与商。
今夕复何夕，共此灯烛光。
少壮能几时，鬓发各已苍。
访旧半为鬼，惊呼热中肠。
焉知二十载，重上君子堂。
昔别君未婚，儿女忽成行。
怡然敬父执，问我来何方。
问答未及已，儿女罗酒浆。
夜雨剪春韭，新炊间黄粱。
主称会面难，一举累十觞。
十觞亦不醉，感子故意长。
明日隔山岳，世事两茫茫。

年少的时候能背很多诗，有时也仅仅是背诵而已。那时以为自己懂了，其实不过一知半解罢了。

这一首诗我却总记得其中的首句“人生不相见，动如参与商。”和末句“明日隔山岳，世事两茫茫。”而每一次读到杜甫的诗，总是身不由已地被他带到他所描绘的场景中。而自己也在思绪迷离中，幻化成诗人的模样，惟愿能在入诗的时刻能切身去体味诗人的心情。

我没有诗人那样丰富的人生经历，亦没有体验过那种颠簸动荡的乱世，与烽火中的生离死别。生于和平年代里的我，更是一片空白。我喜欢文字，亦喜欢唐诗宋词。我喜欢在夜晚的灯下，静静地坐在电脑前，徜徉在诗人的动人诗篇里。或喜、或悲、或忧、或愁，爱诗人所爱，想诗人所想，愁诗人所愁。为诗人的人生遭遇而愤慨与不平，心酸与流泪，为诗人的恬淡生活知足与向往。

有时候总是感觉对表达自己的所思所想有些力不从心，总是感觉有那么多精美的诗句总是被古人说尽了。而每一次读到我喜欢的诗句，它总是在那样一个不经意的时刻扣动我的心弦。诗人的爱与恨、诗人的悲与苦，宛若一泓溪水缓缓地浸漫过我的心房。

苍天高，人寂寥，岁月催人老。“人生不相见，动如参与商。”我们生于这喧嚣的红尘之中，有多少的因缘际会，都会是在一些自己始料未及的瞬间。急匆匆奔行中，青春早已远离。十年青春贵美易碎，一寸华年一寸灰。曾经嘻嘻哈哈天真的女孩子早已步入中年，为人妻为人母。记得曾经有那么多的朋友，也都慢慢消逝在旧时光里。

总是在某一个不经意的瞬间，亦总是在梦里，或是在翻阅泛着季节枯黄的同学纪念册的时候，我会幻想能在都市熙熙攘攘的十字街头，邂逅我的朋友。

也不知道如若有一日能相逢于熟悉的时间熟悉的地点，却不知道我们是不是还是相熟相知于当年。人生如参商二星，总是无法旋转到同一个桌面。宛若旭日东升，皓月就得坠下。世界很大，芸芸众生，曾经相遇已经是缘，不知道他年后能否重逢，日日相见却只是奢求。

我是一个羁旅在外的游子，一个寂寥的天涯客。都市的快节奏生活，让我们一路奔行匆匆赶路。倘若真能相见，是不是彼此满脸惊喜地能唤出对方的名字后，就只剩下一句客套的寒暄，却再无他言。人生如梦，一转眼就是这么多年。

我们的人生、环境、生活已经没有多少交集。只是相约一起喝几杯淡酒，坐下来追忆前尘往事，追忆往昔似水流年，追忆我们曾经万马奔腾一去不复返的青春。我们会不会也像杜少陵一样，仰天长叹“少年弟子江湖老”。人生相聚如浮萍，转眼各自散。

在今夜，在万家灯火都依次熄灭的时候，让我枕着诗人的名字，梦回大唐，感叹于杜甫与卫八处士的相见。即便已是岁月悠悠，所有的记忆已经开始斑驳了旧日颜色。再次细品杜甫的诗，只任心底再掀起阵阵波澜。

756 年安史之乱不久，安禄山叛军攻进长安。唐玄宗仓皇传位唐肃宗李亨，房琯受命于危难之间，被唐肃宗任命为宰相。安禄山叛军进犯长安，身为宰相的房琯向唐肃宗献计，向民间征用 2000 头牛，驾着战车，牛尾系鞭炮，想以火牛击溃叛军。可是事不随人愿，火牛奔向叛军阵营时，对面战鼓狂擂，牛群受惊，逃回，唐朝大军因此伤亡过半，大败。

杜甫那时正在京兆伊任上，他探亲时闻听长安已沦陷。便安顿好妻儿只身去投唐肃宗，途中被叛军俘获押解回长安囚禁一年。后来，唐肃宗明鉴杜甫一腔至诚报国之心就任命杜甫为左拾遗，兼任工部员外郎。

左拾遗虽然只是一个八品小官，位卑权小，但这个职位让杜甫离大唐政局高层近在咫尺。如若不是他直言进谏，如若不是他得罪权贵，也许他会平步青云。他会安得荣华富贵，那么他的人生将会是另一番模样，可是历史的脚步已经无法逆转。

房琯兵败一事，唐肃宗并未追究房琯之罪，但让一些朝臣心生不满。后来由于著名的琴师董庭兰还在房琯相府，房琯对董庭兰信任有加。偏巧董庭兰贪赃枉法被人抓住把柄，便有朝臣上书弹劾房琯，唐肃宗震怒，想罢了房琯宰相一职。

杜甫在房琯还隐于山中时，便和他相识，私交甚笃。现在又同朝为官，听说房琯要被罢免一事，杜甫便再三向唐肃宗进谏，并为房琯辩说，“罪细不宜免大臣”。唐肃宗大怒。于是杜甫的仕途人生出现大逆转，这件事为他的左拾遗官职，划上了句号。

乾元元年（758 年），杜甫被贬为华州司功参军。这个官职负责祭祀、礼乐、学校等事，杜甫心情郁闷。同年冬天便告假，到河南洛阳、偃师探亲。乾元二年（759 年）三月，九节度使的军队兵败于邺城，杜甫自洛阳探亲返回途中，经潼关回华州，沿途路过奉先县。诗人少年时代的朋友卫八恰好居住在奉先县，杜甫便前去拜访旧日友人。一别数年，不曾相见。

诗人提笔以“人生不相见”开篇，洒下一片苍茫与悲凉。人生如参商二星，此出彼没，宿命中难以同天。聚散本是天注定，真情永远两依依。一年一年春秋交替，一年一年又彼此错过，这些年，我们都忙于自己的工作和生活，真正相知的朋友却一直没有机会见面。

今晚能见到老朋友，与你挑灯共叙别后情愫，是何等的幸运，这是我们前世修来的缘分啊。那份重逢的喜悦洋溢在诗人和卫八的脸上，轻轻晃动的烛光辉映着两张神采奕奕的脸。人生如奔腾的长江水浩浩荡荡东流不息，淘尽了世事的艰辛与磨难，淘尽了颠沛与流离，只留下我们之间那份深厚的情谊在心底。犹记得，那年那月我们还都年少，我们在一起度过了那么长的青涩小时光。意外、惊喜、辛酸亦或感叹？他们久久凝视着对方。

弹指间，旧岁已从指缝间流过了。如今面对面，掬起一杯记忆的潮水，昔日的美好历历在目，都被骤然重逢的潮水荡在眼前。还清晰地记得那年你说你不愿意入仕做官，才来到这偏远小城安身。而我，为了心中的理想远走他乡去了遥远的大都长安。那轰隆而过的青春真的有那么多的往事值得他们一起去回忆，去缅怀。那时，他们还都很年轻，怎么转眼之间就变了模样。

人生易老天易老，这些年梦一般就匆匆走过了，青春留给我们太多的恩赐，年少轻狂、意气风发……不经意间，我们的鬓发都已斑白，这是岁月的印痕，我们无法抹去。

少年时代的朋友骤然重逢，却已恍如隔世。从前的我们情同手足，现在的我们依如往昔。故乡的你是否会经常想起，异乡孤独的我。这些年，世道坎坷，尘世多艰，你知道吗？当年的朋友大都各奔西东，故乡的发小已有几位不在人世。刚才推开你家小院大门时，你热情的惊呼让我胸中热流激荡。我不知道该用什么样的语言来形容此时此刻我的心情，一时语塞。

惊叹杜甫不愧为一代“诗圣”，就这么短短的八句诗就能让人热泪盈眶，那如闲聊家常一样的诗句，于平淡中隐藏着汹涌澎湃的情感，浅浅吟出，却勾起读者无尽忧伤。窗外飘起小雪花，此刻我的心河却已激荡起圈圈涟漪。

经年不见的故友重逢，自然离不开酒，斟几杯薄酒畅饮，让我们共话别来无恙，共诉重聚的衷肠。依稀中仿若看见了山中小院，简陋低矮的草房。诗人正与他的朋友坐在桌边举酒共饮，推杯换盏。曾经相熟的朋友，没有功利场的造作与虚假，逼仄的空间里唯有一股暖意在空气中弥散着，在彼此的心中回荡着。几杯薄酒入肚，胸中感慨万分。

前十句诗人即兴抒情，下面的十句是诗人娓娓而谈叙事。清代仇兆鳌在《杜诗详注》里评说这首诗，“首叙今昔聚散之情，次言别后老少之状，末感处士款情，因而惜别也。”

这一次相见，是相见，亦是离别。长久的离别是为了将来的相聚，而短暂的相聚只是为了离别。我真没想到时隔二十年，竟然还有机会登门拜访，你还能一眼认出我来，我真的倍感欣慰。记得那年在故乡和你握别时，你还是一个毛头小子，都还没有成亲，今天见到你，你已经儿女成行。你的孩子们很可爱也很懂礼貌，他们很和顺，很敬重父亲的老朋友，他们热情地拉住我的手，问我从哪里来。

看到你的孩子们，想到了我们年轻的时候，想和他们侃侃我们少年时的往事。三言两句都还没有说完，你便笑着吩咐他们张罗家常酒宴来招待远方的朋友，曾经的故交。

寂静的春夜，细雨霏霏，才从门前田地里割来的韭菜，细细长长，新鲜含露，才蒸好的掺着黄米酒的米饭热气腾腾氤氲着满屋子的香味儿。

看似信手拈来的小诗，语言极平淡朴素，如话家常，可隐藏着的情感波澜却如冰下的河水，暗涌着。诗人奇思妙想，独具匠心，以如此新颖的手法写故友相会，却先言人生聚散，慨叹红尘多磨难。真正的朋友难以相见，自然过渡到“今夕复何夕，共此灯烛光”。一份情，由相见的满心欢喜欢转入慨叹“少壮能几时”，青春易逝，人生易老的悲愁与沉郁。

杜甫的诗，终是被一种忧郁笼罩着，那亦是晚唐的哀与愁所致。它的诗句总是那样情蕴悠长，沉郁顿挫，饱含着人生的酸甜苦辣，吟唱着人生的悲喜交加。短暂相聚，他们一夜促膝长谈，却以“明日隔山岳，世事两茫茫”戛然收尾。那一抹温馨，那一抹暖意，拉伸为让人回味悠长的反复咏叹。

人生聚散如浮萍，一程又一程，停驻、离别，万里关山，千里烟波。我们都知道，此一别，便是经年不得相见。他就是这么别出心裁地在诗句终结时，恰好押上开篇的韵脚，合上首句的节拍，不偏不倚，恰如其分。

13. 月　夜

——何时倚虚幌，双照泪痕干

杜　甫

月　夜

杜　甫

今夜鄜州月，闺中只独看。
遥怜小儿女，未解忆长安。
香雾云鬟湿，清辉玉臂寒。
何时倚虚幌，双照泪痕干。

人居两地情发一心。经年累月的离别，经年累月的分居，思念早已风化成一棵相思树，每当风儿轻轻拂过，便哗啦啦飘落一地沉甸甸的思念。

杜甫对月长叹，轻轻低吟出这首《月夜》。历史的坐标轻轻移动，变幻了时空。我看到杜甫正在跳动的烛光里挥毫写下这样的诗行。多情如杜甫，他何尝不想，在这动荡颠簸的岁月里寻一个僻静太平的地方，携手妻儿，沉醉于淡泊宁静的岁月，触摸着幸福的脉搏，一家人平平安安过生活，那样便可不必熬尽相思。太平盛世，小家方可安定。可是晚唐的天空却总是飘着雨，这一场安史之乱的雨哗啦哗啦下个不停。

天宝十五年（756 年）春天，安禄山的叛军经河南洛阳攻破潼关。五月，杜甫携妻儿至陕西白水县，投奔在那儿的舅父。

战火不会因为这个地方地处偏僻而绕行。杜甫搬到白水不到一个月，皇都长安城全面沦陷，唐玄宗仓皇出逃到四川。安禄山的叛军一路西行，直抵白水，白水是关中与陕北的咽喉，兵家必争之地。

很快，白水沦陷，杜甫不得已只好又携家人逃往鄜州，寄居于羌村（今陕西富县）。同年七月，唐肃宗在宁夏灵武县即位。杜甫，胸怀雄心壮志，心心念念想为大唐效自己绵薄之力。于是他只身上路去寻武县，因为他期盼着皇上能重用他，不曾想半路上被安禄山叛军俘获，押解回长安。

一路来，一路去，一路人生多风雨。人生经不起悲愁离索，经不起颠簸流离，转眼已到了这一年的秋天。今夜，又无眠。长安月圆，而他却人在天涯。与自己的妻儿山水相隔，不能相见。

月圆人不圆，游子常想家。他乡的月亮又圆了，便又勾起他一腔的思乡愁绪。想自己舍家远行，没料到会因此失去了自由，遥望着皎洁的月亮中嫦娥那孤单的倩影，他想起了他的妻。那一日，他义无反顾地要远行，她只是默默地给他打点行装，这就是他的妻——知书达礼，识大体。她是一个贤惠的女人，她知道杜甫的梦想，所以她从不会拖他的后腿，而是一个人带着儿女，默默等待着他。想来，离别的日子，已经很久了，春去秋来，今夜长安的月色真好，银辉遍洒。

李白《静夜思》云：“床前明月光，疑是地上霜。举头望明月，低头思故乡。”昔日李白，望月思乡，而自己如今又岂不是一样？千年明月，看惯了人世间的离散，月缺月圆，本是生命无常，功名利禄皆尘土，是是非非逐水流。

杜甫仰头望着长安的一轮圆月。想他远在鄜州的妻，是不是也在家乡正望着天边的月，形单影只，思念远在长安的他。初见她，她还是青春貌美的翩翩少女，不过二十岁芳龄。那年他结束了在齐鲁的漫游，在偃师西北，首阳山下的陆浑山庄，迎娶了她。她本是灵宝县司农少卿杨怡的掌上明珠，有着良好的家世，她聪慧、娴静如花。

史料中未见这位杨氏闺秀的名字，杜甫一生也没有浓墨重彩为他的结发妻写书立传，却时常在一些诗中提起她。尽管只是只言片语，尽管只是话一段相思，可后世的我们依然可以从那些遗落在杜甫诗行里的凤毛麟角，来揣摩她的芳华和她的不平凡的人生。那年她在他第一秋，埋下一个梦，他和她共同酿造一个甜蜜的梦，一路上往事随风，千里万里，她一直陪他在一起。无论是短暂的相守还是长久的分离，她都不曾有过半句怨言。漂泊半生，他的她鲜于出现他的诗里，却一直在他心里。

《自京赴奉先咏怀五百字》里有诗句曰：

老妻寄异县，十口隔风雪。
谁能久不顾，庶往共饥渴。

还有《客夜》：

客睡何曾著，秋天不肯明。
卷帘残月影，高枕远江声。
计拙无衣食，途穷仗友生。
老妻书数纸，应悉未归情。

人到中年的杜甫不能给妻儿一份安定的生活，却劳在家照顾老小的妻惦念牵挂，他的心无时无刻不在自责。都是有血有肉的至情至性的男子，谁没爹娘，谁无爱妻，谁无爱子，飘零在外岂能不牵肠？

至德二年（757 年）八月，杜甫是在左拾遗任上，蒙圣恩放归，回到鄜州家中，与妻儿团聚，诗人巧借小女儿的顽皮调侃久别重逢的妻子，写下了《北征》：

粉黛亦解包，衾裯稍罗列。
瘦妻面复光，痴女头自栉。

学母无不为，晓妆随手抹。

移时施朱铅，狼籍画眉阔。

岁月如霜，昔日的美娇娘也早已成为他心中的老妻。风含情水含笑，半生漂泊，穷困潦倒，颠簸逃离。一路马不停蹄几经辗转，唯有他亲爱的女人相伴左右。她比他小那么多，该是他怜惜疼爱她才对。可是他却时常颠簸在外，把老人和孩子抛给她一个人。如今孤独的秋夜，适逢月圆，他和他的妻却分居异地，记忆伴着潮水拍岸而来，一起涌上诗人的心头。

这首《月夜》的首句“今夜鄜州月，闺中只独看。”诗人不言自己，今夜长安月，客舍只独看。起笔先想起自己远在鄜州的妻。长安、鄜州，相亲相爱的人儿被隔在了两地，无论是长安还是鄜州，无论是杜甫还是他的妻，他们遥望的都是同一轮明月，沐浴着同一袭清辉。

亲爱的人儿，分别已经太久太久，数不清离别后的日子，记得你离家时还是春色旖旎，如今却已深秋。今夜明月照窗棂，有如水的思念缓缓地洒在我的心田，不知道你远在长安还好吗？朱颜已改，青丝白发，不知道你在长安怎么样，没有自由的日子，生活还好吗？没有我照顾的日子你要学会自己照顾自己，我从不后悔爱上你，从不后悔和你共拥的岁月。

她在鄜州翘首期盼，望穿秋水。他在长安，又何尝不是和她一样，今夜，明月如霜，他们夫妻二人分居两地，情发一心。他的家、他的妻、他的小儿女，他分明已是相思难耐，却担心她会独望明月，憔悴了心事。她的身边相陪的还有他们的一双儿女，可是他却知道她的孤单和寂寞，纵使儿女承欢膝下，怎奈他不能相伴于她身边。

纵使这浓愁的岁月沧桑了她的容颜，可是她在他心中永远都是最美的。今夜，他和她岂是“独看”，分明是“共看”一轮思乡月。

诗人望月，禁不住浮想翩翩。过去与现在，她陪着他度过那么多艰难岁月，在她最好的青春里，她只是陪着他四处辗转流浪。长安，这里有他的梦想，是他向往的地方，也是埋葬他十年大好青春的地方，这里也有她熟悉的影子。值得庆幸的是，她与他困于长安时，“安史之乱”还没有爆发，那时的自己虽然不得志，虽然不如意，可社会是安定的，他们的生活固然过得凄苦，过得寒酸，可毕竟还算说得过去。

那个时候，她陪着他流落在偌大的皇都，举目无亲，忍受清贫。他们时常在月圆的晚上，共望着长安城的明月，思念他们远在家乡的父母、孩子们。她的“独看”让他心疼不已，又充满了心酸与无可奈何。一个“忆”字，竟是别样的蕴味悠悠，情深深，意切切。

过去再苦再难都有她作陪，而现在的她，一个人守在家。儿女尚幼，天真童稚的年岁，只懂得瞅着天边的月，却还不懂得望月思念远方的父亲，又怎懂得为母亲分担忧愁呢？

“忆长安”的不只是一个人，是他和她。长时间的杳无音讯，她写的书信如石沉大海，她的心都在日复一日的等待与担惊受怕中碎成齑粉了。她不敢往坏处想，可又不能不想。月色清冷，映照着她憔悴的面庞，有两道深深的泪痕，刺痛了谁的眼？

彼时，长安。这边亦是夜色清冷，他在担心他的妻，一定也在这浓浓的月色里思念着他。夜深了，有香雾，沾湿了她的发丝，隽冷的月华，辉映着她如雪的双臂。

他好想伸开双臂拥她入怀，轻拂掉她发梢上的一抹湿凉，为她披一件罗裳。皎洁的月光，薄如清纱；纠结的思念，愁如浓雾。

天边的月，你可知道，在这寂寥的秋夜里，有我在为你执着守候。岁月如诗，天地含情，今夜相思的泪水泛滥，期盼你的归来。

14. 离思五首（其四）

——曾经沧海难为水，除却巫山不是云

元　稹

离思五首（其四）

元　稹

曾经沧海难为水，
除却巫山不是云。
取次花丛懒回顾，
半缘修道半缘君。

犹记得那年的别离，总还是会有锥痛刺向心底，总还是习惯性地回忆起你的模样，回忆起与你的快乐时光。曾经站在爱情的最高处，俯瞰过波澜壮阔的大海，心里便不会再被别处的好水所吸引。曾经深深迷醉在巫山云雨的痴梦里，静静聆听你的足音踩踏我的波心。一颗被你填得满满的心，又怎能容得下别处的云雨？

曾经的你走过我的生命，纵使如今你的脚步已远离，可我又怎能把你从我的心底彻底删除。你还记得那朵最美的蝴蝶花吗？那时候，我们栖身在租来的小房子里，小日子过得有些清苦，可爱情是我们唯一的财富，我们甜蜜着。

你的出现给我心最真的悸动，相知相爱的青春里，你曾经许我一世地老天荒的誓言。纵使年轻的我们系不住最真的爱，纵使此去经年，你依然活在我的生命里。

我从来都不会后悔曾经爱过你，可我也不会后悔曾经束手无策我们的爱。爱情的雨伞绚丽了城市的风景，却遮不住世俗的风雨。那绽放在指尖轻轻跳跃的青春年华，因为有一个你，而炫出那个季节特有的花开。那曾经散落一地的爱情，埋葬了我一个人生不如死的青春。也因为你的离去，而混沌沉沦。如今，我的身边已没有了你。

澎湃着沧海之水涌动着曾经爱的离殇向前流淌，生生不息，在我依然想你念你的心底成为永恒。亦真亦幻的巫山云影，这折射着曾经的伤痛惨淡凝聚，拉伸在我一个人寂寥的苍穹。无论时光流过多少年，无论世事如何变幻，无论我的生命里又是否还有新人，无论今天的我在过一种怎样的生活。可我依然知道，在我的生命里，只有你一个，无人能替。“曾经沧海难为水，除却巫山不是云”。

是他，给我们留下这千古名句，也祭奠他曾经的一往情深。他是不折不扣的美男子，他戴着唐朝第一风流才子的美冠，他是唐朝著名的诗人，他是元稹。

元稹（779～831 年），字微之，别字威明，今河南洛阳人。北魏宗室鲜卑族拓拔部后裔，是什翼健十四世孙。元稹少年丧父，全由母亲教授诗文。他天资聪颖，少年才高，15 岁以明两经科举及第，21 岁任河中府，25 岁与著名的诗人白居易同科及第。元稹被授秘书省校书郎，28 岁任左拾遗。元和四年任监察御史，第二年因触犯权贵被贬江陵府士曹参军。他的仕途依如他的感情一样一波三折，几经辗转、起用、贬谪，大和三年为尚书左丞，大和五年，逝于武昌节度使任上。

元稹和白居易同是新乐府运动的倡导者与推崇者，以“元白”并称活跃在中唐诗坛上，他们互酬的排律等也被称为“元和体”，并与白居易结下半生的友情。他推崇杜诗，学杜不能变杜，却演绎成自已的风格。他的长篇叙事诗《连昌宫词》与白居易的《长恨歌》齐名。他的散文和传奇也一枝独秀。

最著名的是他的《莺莺传》（又名《会真记》），谱写张生与崔莺莺的爱情悲剧，是唐代最为著名的传奇，并成为金人董解元的《西厢记诸宫调》和元代王实甫改编为《西厢记》的蓝本。元稹生就一个文学的多面手，他还自编诗集、文集、友人合集。

他的诗歌中最为出色的是艳诗和悼亡诗。他描写男女爱情，一扫旧时遗风，以格高词美别具一格。这一首著名的悼亡诗《离思》，是为他的爱妻韦丛而作。他的才情无与伦比，他的感情或嗔或痴。元稹和后世的小晏一样，仿佛就都是为情而生的情种。他的感情生活让后人唏嘘不已，各种评判褒贬不一。

在《莺莺传》里，21 岁的他爱过一个名叫崔莺莺的女子，二人情投意合私定终身后花园，后因官途才遗弃。一部爱与恨的悲情传奇，成就了元稹，也给他带来铺天盖地的骂名，他和负了痴情女子霍小玉的李益一样，成了负心薄情的替身。

有鲜卑血统的元稹，温文尔雅，风度翩翩，才华横溢，是中唐青年才俊。后来他与著名的女诗人薛涛的一场姐弟恋婚外恋，更是引得狼藉名声一片。这场爱恋仅持续四个月，以韦丛离世、元稹中途离场而告终。后来他曾写过一首《寄赠薛涛》里面有这样的诗句：言事巧偷鹦鹉舌，文章分得凤凰毛，别后相思隔烟水，菖蒲花发五云高。

不管他曾经付出的感情有多深，他和薛涛爱得有多深，都是他先负了她。因为这一场爱情不合适宜，它错了时间、错了地点，它难以在世俗的夹缝中求生存。

他的爱情故事，让人心痛又纠结，不知是要同情他还是要憎恨他，却又因为他的痴、他的真被深深地感动着。他的生命只为心爱的女子绽放如花。现在的我隔着历史的长河，用心品读他的诗，品味他曾经的爱。

那年元稹写给爱妻韦丛的《离思》共五首。这一曲，“曾经沧海难为水”是《离思》之四。

唐德宗贞元十八年（802 年），当时元稹在秘书省校书郎任上，时年 24 岁。

一个男子最好的花样年华，入仕，做官。校书郎官职虽卑微，可人生的理想已迈开第一步。风华绝代的男子，不仅容貌出众，又以一曲《会真记》名震京华。

韦丛，太子少保韦夏卿的小女儿，年方二十。她本是朝廷三品大员家的千金之姐，却偏偏对元稹情有独钟。韦丛，没有大家小姐的傲慢，贤惠又体贴，生活清苦她却任劳任怨，家务琐碎，却毫无怨言。婚后的日子纵使清贫却又蜜里调油。小夫妻相亲相敬，两情甚笃，她只想和他一梳齐眉老。用真心交付的生活简单又幸福，元稹和她在一起度过了七年的快乐时光。

元稹在另一组悼亡诗《遣悲怀三首》给后世影响最大。

其中第二首描写了他和韦丛婚后的艰苦生活：

昔日戏言身后意，今朝都到眼前来。
衣裳已施行看尽，针线犹存未忍开。
尚想旧情怜婢仆，也曾因梦送钱财。
诚知此恨人人有，贫贱夫妻百事哀。

品读这一首诗，我却想起三毛和荷西的故事，三毛有一次接稿要写一篇《假如你只有三个月可活，你要怎么办》的稿，她随口说，这个题目真奇怪，鬼知道人要死的时候要做什么。荷西却问她到底要不要写。三毛边揉面边让荷西别闹，说她不写是还想替他做饺子。荷西却神经质地绕着三毛的腰，一迭声地说，“你不死，你不死，你不死……”三毛安慰他说，“我们都不死，要你很老，我很老，两个人都走不动扶不动了一起死。”

想元稹和韦丛大概也讨论过谁先死谁后死这类的身后事。可是，命运有时是残酷的，生命如昙花，花期太短，命运之手把元稹的幸福人生反复拨弄。没料想当日我们只是说说玩笑话，今天竟然一语成谶，你真的走了。我一直不敢面对这样的现实，感觉就像在梦里一样。没有你的日子里，天地都失去了有的色彩，我的世界一片黑暗。

我不敢去翻动属于你的任何东西，我怕它会勾起我对我们恩爱的岁月的回忆。你给的幸福曾经那样温暖了我的心，如今回忆如刀，刀刀都会切割我想你念你的心。我时常在无人的寂夜里，孤独地躺在属于我们共同的空间，一个人把自己的伤痛抚摸。

你穿过的衣服都施舍出去了，还有你做过的针线活依然完好保存着不忍心打开。因为这个家里的每一个角落都有你的影子，甚至看到你以前的奴仆，也会想起你，因此对她比平时更多一份怜爱。每一个没有你的白天都会触景生情，触物生情。到了晚上，却梦见自己魂穿到冥界傻傻地去给你烧纸送钱。活着的时候，你跟着我过穷日子，现在你走了，我希望你在那边过得安稳、过得好一些。

最末一句“诚知此恨人人有，贫贱夫妻百事哀”成为留传后世的千古名句。

多情如元稹，在韦丛不在的最初，他痛断肝肠，夫妻本是同林栖息的一对比翼鸟，一只鸟飞走了，留下另一只孤孤单单伫立在萧条的枝头，夜色降临的时候，总是听到它一阵阵凄厉的哀鸣。

她自从嫁给他，他给她的就是一份清贫简朴的生活。她是一个贤惠又懂得勤俭持家的女子，总是习惯把他们的小家收拾得井井有条。她一个名门望族的千金小姐，却心甘情愿为他洗手做羹汤，为他叠被铺床。每一个寂静的夜晚他读书、她研墨，红袖添香，一片温馨。

他只是一个小小的校书郎，她嫁他这些年，他的仕途一直没有什么升迁。她出身富贵之家，却从不贪婪，从不势利，不曾说过一句埋怨他的话。其实，她要的不多，她只是想和他过一份最平淡的生活，而他能给予她的总是那么少。

韦丛还那么年轻，她还要和他心爱的男子相约到白头。元稹终于出息了，31 岁的他已升任监察御史，生活比以前会宽裕许多，他终于可以不再让她跟着他受穷，幸福离他们越来越近了。然而，她却没有等到这一天。

升职带来的荣耀却丝毫没有让元稹快乐，相反，他反而时常想起他的妻。如若她还活着，两个人的日子比以前好了，她该会是怎样的满足和幸福。想来至性至真的元稹，感觉愧对他的妻，他心底那种无言的伤痛，无人倾诉，所以他才写下这样感人肺腑的诗。

他是风流的才子，生性多情浪漫，出现在他生命中的女子如过江之鲫。他也曾为了城外烂漫的山花流连忘返。可是和她那第一眼的相遇，他便为她心动不已，如若说当年他真是贪图韦家的富贵而抛弃了那深深爱着他的崔莺莺娶了韦丛，可是现在只有他心里知道，是韦丛才可以做他的妻。

古时的婚姻大多都是包办，而他的婚姻是他自己选择的，他心甘情愿。他是全心全意爱这个女子的，所以他才愿意和他携手走进围城。只是生性风流多情的元稹，有时被外面的景色迷了眼绊住了脚，即便是他和薛涛那样深深地相爱，他不依然没有去动摇婚姻的根基吗？

韦丛活着的时候，他背着她和薛涛相恋了，同居了，他迷醉在婚外的恋情里，不能自拔。可她在他们的家，她依然是执着守侯。当她离去时，他的心是什么滋味呢？曾以为和她相伴人间万家灯火，而她却先他而去。他的悔、他的泪、他的爱、他的痛都融进这千古流传的经典诗句里，“曾经沧海难为水，除却巫山不是云”。

她是他整个的沧海，她是他生命里最浓的色彩，没有人可以代替。无论外面的世界多精彩，他知道只有她愿意陪伴他过落魄人生、过穷困生活。爱人，是能与自己同甘苦共患难的。她是他苍茫天空中最美的那朵白云，这一生有了她，别的云朵再美，在他眼里却是黯然无色了。百花争艳，绚烂满园，可是他都无心再去欣赏。

此一句化用了《孟子·尽心》篇里的句子，“观于海者难为水，游于圣人之门难为言。”这一句流传千年却绿意盎然的诗句，喻义精妙绝伦，意境深远广阔。沧海浩淼波澜壮阔，相比较而言别处的水都是小溪，纵使静水流深却没有沧海之浩大。巫山的云，千变万化，沾染神气，是别样的风景。欣赏过巫山的云过后，便不再留意别处的云，宛若徐霞客的《漫游黄山仙境》“五岳归来不看山，黄山归来不看岳”的意境。

如今韦丛在盛年早逝，她的离去带走了他整个的青春，带走了他的爱。“取次花丛懒回顾，半缘修道半缘君”。没有她相伴的人生，纵使他信步花丛，也懒于多看一眼。以后的岁月，他一边潜心研究佛学，一边做学问，余下的日子都会深深思念着你。这一句不是矫情的誓言，却是他情动时一片真情所现。

无论是“半缘修道”还是“半缘君”都是元稹那灰暗的心境所致。他对于爱妻，其情可叹，其心可怜，其诗用笔之妙，无人可比。纵使韦丛离世后，两年后形单影只的元稹又纳妾也好，四年后他又续娶也罢，他对韦丛的爱在那时那地那年那月是至真的。爱着的时候，他习惯了四处风流。爱人却在最深爱的时候离他而去，他的伤他的痛又有谁人能体会。但这句经典的“曾经沧海难为水，除却巫山不云”，却在历史的长河中依然翻卷着不息的浪花，成为一代又一代有情人坚守爱情的誓言。

多情的元稹，他永远都是至真至性的，他一直爱我所爱，无怨无悔。穿越岁月的长河，我仿若看见长衫飘飘的微之正站在奈何桥上，轻吟着这一首千古离歌，喝下一碗孟婆汤在等待生生世世的轮回。

15. 长相思·汴水流

——思悠悠，恨悠悠，恨到归时方始休

白居易

长相思

白居易

汴水流，泗水流，流到瓜洲古渡头。吴山点点愁。
思悠悠，恨悠悠，恨到归时方始休。月明人倚楼。

长相思里，一任流年似水匆匆过，青春韶华斑驳；长相思里，容颜斑驳，魂也斑驳。

长相思，本是词牌名。写过长相思的诗人有很多，李白、李煜、晏几道、欧阳修、陆游、陈子龙、纳兰性德等。这一首《长相思·汴水流》的作者是白居易。

白居易（772～846 年），字乐天，晚年居洛阳香山，故自号“香山居士”。他是继盛唐的李白、杜甫之后又一位伟大的诗人。他是新乐府运动的倡导者，提倡“文章合为时而著，歌诗合为事而作。”他一生留有诗作三千六百多首，著有《白氏长庆集》。

白居易在中国文学史上盛名远扬，是唐朝优秀的文学家，亦是中唐时期的风流才子，他和元稹并称“元白”，留下一段历史佳话，二人唱和的诗篇更是让“元白”的故事锦上添花。后半生他与刘禹锡结下深厚的友谊，世称“刘白”。

他的诗歌题材多种多样，一曲《长恨歌》，卖得洛阳纸贵。一首《琵琶行》赢得万古诗名扬，让他在中唐的诗坛上一枝独秀秀出万年春。白居易75岁去世，唐宣宗李忱写诗悼念他：

缀玉联珠六十年，谁教冥路作诗仙？
浮云不系名居易，造化无为字乐天。
童子解吟长恨曲，胡儿能唱琵琶篇。
文章已满行人耳，一度思卿一怆然。

他的诗篇万古流芳，名声远扬。而他一生官路坎坷，晚年官至太子少傅。

作为一个封建社会的男子，他的事业无疑是成功的。可是爱情呢？他的初恋如烟慢慢蔓延了他的一生。他是至情的男子，亦是天生的情种。

那个唤作湘灵的邻家女孩，是他心系一生、情系一生的初恋情人。那段感情纯真圣洁刻骨铭心，那是白居易青春年华里一朵蓓蕾绽放的百合花。他本想给这个占据了他整个绚丽青春、自己情有独衷的女孩一个爱情的归宿，他本想娶她为妻，携手佳人步入围城，共剪西窗红烛，百年好合。

可是白居易不是生活在现世，只要两个人彼此相爱就可以相守。那时封建文人的婚姻注定了逃不掉封建锁链的束缚，封建文人的婚姻大多是遵循了父母之命，多半是违心的，不情愿的。贞元十六年，白居易 29 岁，他已中进士。他恳求母亲成全他与湘灵，但被母亲一口回绝了。旧时的女子封建观念根植于骨髓，白居易的母亲不能例外，她怎能同意自己已是官家身份的儿子娶一个门不当户不对的乡下女孩为妻?

白居易一气之下，忍痛离家。贞元二十年（803 年）白居易在长安被授校书郎，按惯例须举家迁往长安。白居易不死心，恳求母亲让他和湘灵成婚。母亲再一次横刀阻拦，棒打鸳鸯，拒绝了儿子的请求，并在举家迁往长安时，禁止白居易和湘灵见面。

白居易像普天下痴情的男子一样，他放纵，他迟迟不婚，与恋人不得相见的痛苦让他写下了一首又一首凄婉的情诗。

白居易在《长相思》里送走了一个男子人生中最好的华年，这一年他已 37 岁，便和同事杨汝士的妹妹结婚。可是多情的白居易依然在思念着湘灵，在无数个无眠的长夜里他依旧在为湘灵写诗。曾经痴爱的女子注定要成为生命中的过客。有情人不能成眷属，这是刻在他心底的痛啊！

白居易也没有料想这一生还能再见到湘灵。在被贬江州的途中，白居易和夫人邂逅了四处漂泊的湘灵父女。昔日倾心相爱的恋人蓦然重逢，他已为人夫，而她依然未嫁。他已四十四岁，她已值不惑，半生情都成东流水。

自己已有妻室，有心纳她做妾，恐负了她一生痴守的情意，佯装潇洒，挥手作别吧？在人生的这个渡口，一首《逢旧》问世：

我梳白发添新恨，君扫青蛾减旧容。
应被傍人怪惆怅，少年离别老相逢。

他爱她，却不能拥有她，他有一千个一万个不情愿，还是负了她的花样年华。让自己倾心相爱的女子成为生命中的匆匆过客，可是又不得不放手，这种锐痛让人喘不过气来。

人生苦短，相爱中的男女都有太多的不得已，哪能凡事都由着自己的意愿？佳人已去，这颗心又该魂归何处？旧时的文人，遭遇仕途的不顺或婚姻的波折，矛盾与徘徊无以排解，一般都会选择寄情于青楼女子。他一边沉浸在旧情里痛不欲生不能自拔，一边肆意过着自己不羁的人生。难怪有人说，唐诗宋词的繁华都来自与青楼女子的风花雪月中。

白居易，亦是流连于青楼的一员，或与歌女吟诗作对，或是脉脉深情。年轻时太钟情，可终是情无所归。老了老了却又偏偏对狎妓乐此不疲，这究竟是对年轻爱情的失意的一种补偿，还是对旧礼教的一种反叛呢？都说白居易老了，依然不改年轻时的风流。或许，是年轻时的爱情刺痛了他的心，没有得到心仪的女子，他才通过这种方式来宣泄自己的情愫吧。

晚年时的诗人经历了起起落落，官路转向平坦，51 岁任杭州刺史，54 岁任苏州刺史，在他的诗里都有家中与歌妓作乐的记载：

不得当年有，犹胜老到无。
今夜还先醉，应须红袖扶。

年轻时太过痴情，老了，太过放纵和肆意。而他的诗则更加大胆和疏狂：不饮一杯听一曲，将何安慰老心情；樱桃樊素口，杨柳小蛮腰。这诗中的樊素和小蛮都是白居易的侍妾歌妓。这两位女子得以在史书中留名，实属罕见。

樊素，亦是青春妙龄的女子，因善歌《杨柳枝》又名柳枝。

唐文宗开成四年，白居易已 68 岁。诗人老了，青春不再，风烛残年，又患有风疾。便遣散家妓，从年少时买进到二十五六岁时转出，樊素已陪诗人十几年，她的青春年华早已弥散在与诗人共度的年年岁岁里。

一朝分别，无论是诗人还是樊素都是不能忘情的。传说樊素和小蛮是同时转出去的。她们走后，诗人作诗曰：

两枝杨柳小楼中，袅娜多年伴醉翁。
明日放归归去后，世间应不要春风。

相依相伴，多有情愫在心中，一朝离别，纵有不舍又奈何。樊素与诗人作别时，泪流满面，无论诗人有多老，毕竟曾相依相伴。

诗人骑过的老马，在悲鸣，多情的樊素更是依依难舍。诗人终是命樊素离去。他老了，不能再耽误了她的青春，趁华年还在，他希望她能有一个好的归宿，也不枉相识相知这十多年。

白居易在《对酒有怀寄李十九郎中》有写道：

往年江外抛桃叶，去岁楼中别柳枝。

寂寞春来一杯酒，此情唯有李君知。

吟君旧句情难忘，风月何时是尽时。

樊素走了，诗人的失落孤寂都在诗中展现无疑。诗人终是无法派遣这种失意与失落，挥笔写下这首《长相思》。樊素是杭州人，回乡必经之路便是吴山口。昔日的汴水河、泗水河，依旧滚滚东流，长安和杭州相隔遥远，昔日陪他饮酒吟诗的女子离开了，宛若这奔腾而去的江水，一去不回头。多少旧岁、多少恩情、多少缠绵、多少相思都付东远去。诗人的回忆在万般相思里沦陷，那弥漫在心底的相思漫延到古老的瓜洲渡口，一直蜿蜒到杭州吴山山口。

词的上阙，一连用了三个“流”字，诗人用简单的笔触巧妙地勾勒出江水的蜿蜒曲折，声声不息。那婉转低回那凄切的情韵，便也随江水倾泄而去。那南国绵延起伏的群山默默点头，起伏着樊素对诗人的眷恋，点点都似离愁别恨凝聚而成。

此一曲：“思悠悠，恨悠悠，恨到归时方始休”。下阙连用两个“悠悠，”把诗人万般愁思的绵长与强烈诠释出来。一腔思念，一腔愁恨，宛如这滚滚的江水没有尽头，直到你归来才肯罢休。无论诗人的思念有多深，失意有多重，碧水东流去，佳人已逝，妆楼空空。

简短一阙词，离人的行程，诗人的愁思，和谐舒缓的音律，直抒心意的告白，被诗人一阙言简意赅的词演绎得淋漓尽致。

天已晓白，相思未央，我仿佛看到头发斑白的乐天，正蹒跚着脚步，倦倚栏杆，沐浴在一袭月华，独依小楼遥望远方……

16. 送友人

——谁言千里自今夕，离梦杳如关塞长

薛　涛

送友人

薛　涛

水国蒹葭夜有霜，
月寒山色共苍苍。
谁言千里自今夕，
离梦杳如关塞长。

自古盛宴必散，朋友，难免要别离。我们都不愿意别离，可迫于现实的无奈，纵有千般不舍，万般爱意，却又不得不别离。我们无力握住朋友即将远行的手，只好挥手祝他一路顺风。都说离别是为了下一次的相聚，可我依然不愿意在你孤单离去的背影里，独自吞咽下苦涩的泪滴，饮尽别离后的相思。

现世的我们伤别离，在长长的站台和朋友挥手作别，道一声珍重，转身走进各自忙碌的生活。别后的日子纵有牵念便可以打个电话，发个短信，问候曾经相知相惜的朋友是否别来无恙。

古人一朝分别，经年不得相见。路迢迢风凄凄，朋友站在离别的渡口相对无语，暗伤别离。遥望朋友远去的方向，只好寄情于远方的飞鸿，可无奈关山重重，鸿雁高飞不过，往往在经年的牵盼与等待里望穿秋水。

或垂柳依依，或雪花飘飘，或江水悠悠，亦或是芳草凄凄，朋友远行了，可朋友间那份纯洁的友谊却是我们在尘世上寂寞行走时永远的财富。这份情谊支持我们在坎坷黑暗中咬牙坚忍，期待未来的某一天某一个时刻的温暖或相聚。

大唐盛世，无数才华熠熠的才子诗人如花绽放在大唐的诗坛。名篇佳句层出不穷，璀璨的星辰照亮了大唐的夜空。描写送别的诗，多如繁星，或豪放或婉约，都是长亭连短亭，送了一程又一程，美诗佳句让人目不暇接，美不胜收，写进读者心坎里的送别诗，品读无不断人肠。

其中涌现出一些貌美翩若惊鸿，才华不让须眉的女诗人。她们的翩翩倩影绽放在大唐百花齐放的诗坛中，宛若万绿丛中一点红，一朵朵奇葩独放异彩。

这一首《送友人》的作者是一位女子。她是唐代四大女诗人之一。她和卓文君、花蕊夫人、黄娥并称“蜀中四大才女”，她就是唐代美名远扬的女诗人薛涛。

薛涛（约 768 ~ 832 年），字洪渡。今陕西西安人。她生于一个官宦家庭，幼年时因父亲薛勋被贬谪，全家人来到四川。后来因为亏空钱粮，薛勋丢官。薛涛九岁丧父，与母亲相依为命，薛家家道衰落，薛涛因受牵连迫入乐籍，沦为官妓。

薛涛不仅国色天香，而且从小就多才多艺，聪慧贤达，通晓音律，洞悉诗词曲赋。后来成都最高地方行政长官剑南西川节度使韦皋慧眼识才，发现了这颗明珠。她得以以歌妓清客的身份出入幕府，穿梭于政界名流，陪酒赋诗，抚琴献歌，从此，她诗名大振红极一时，她深得韦皋的欢心，韦皋曾拟奏请朝廷授薛涛为校书郎的官衔，但因薛涛是红妆，未能实现。韦皋爱慕她的诗才将她编入乐籍，成为西川名妓。

当时，薛涛为女校书，广为人知。后世称女校书就是从薛涛开始的。她的如花美貌，她的文采风流，她的修养交际，她的才情丰沛，备受文士的仰慕与欣赏，很多达官显宦，都慕名而来，争相与她来往，名流才子如牛僧孺、令狐楚、白居易、杜牧、张籍、王建、刘禹锡、张祜、裴庆、元稹等都与她有唱酬来往。她身份卑微，却诗名远播，才名倾动一时。

《全唐诗》四万八千首收录了薛涛八十一首诗，居唐代女诗人之首。她的《锦江集》收诗五百余首，到元代就失传了。

当时，仰慕薛涛才华的才子有很多，到了“个个公卿欲梦刀”的程度，很多的诗人才子都争着向薛涛献殷勤，著名诗人王建的一首《寄蜀中薛涛校书》在无数赞美诗中脱颖而出。

万里桥边女校书，枇杷花里闭门居。

扫眉才子知多少，管领春风总不如。

这首诗开门见山诉说了自己对薛涛的赞美之意。有才华的女子真不少，可都比不过薛涛，在诗坛的女子中，唯有奇女子薛涛独领风骚。她的确别具一格，人到中年时依然过着“门前车马半诸侯”的交游生活。

这一首词风清丽的《送友人》，音调优美，词风清雅，诗人清灵的诗句宛若清风扑面，我隐隐地就闻到了墨香的味道。眼前便幻想着一袭红衣的薛涛临风而立的倩影。此时，她便是在水一方的佳人。

首句，“水国蒹葭夜有霜，月寒山色共苍苍。”蒹葭苍苍，白露为霜。诗人用典，活学化用了《诗经·蒹葭》的句子，“蒹葭苍苍，白露为霜，所谓伊人，在水一方”，来抒发自己送别朋友时的惆怅心情。她知道离别已成定局，心中纵使有多少不舍都要面对分别的现实，只能把最美的祝福都送给即将远去的朋友。

大唐，成都，郊外。寂寥的秋夜，秋风萧瑟，秋水长长，薄雾冥冥中，依稀遥望远处起伏的山脉披一袭如水的月华，在静穆的夜里沉默着，我抬头只看到一轮皎洁的明月洒下遍地银光。

我和你在一起，站在芦苇荡水边的沙洲边上，彼此深深地凝望着。一阵瑟瑟的秋风扑面而来，卷起你飘飘的长衫。你是我最好的朋友，如今却要远行。今天我在月光下看你，你的面容有说不出的魅力。芦苇在秋夜里伫立成最美的风景。哗哗的水流声澎湃着我心中汹涌的离情。

我的心从来都没有像现在这样感伤过，和你在一起的所有回忆一起涌上心头。我知道你总想飞，你要去远方追寻你的理想。可是你最害怕孤单的滋味，你的身边总是需要人陪。我也知道你有你的路要走，可是我依然无法控制地伤悲。虽然我也明白，时光总是无法把离情挽留，在人生的这个岔路口，我们终于将要分头走。

彼时，薛涛站在朋友的身边，遥望着寂寞星空中的圆月，天边的月儿你可知道人世间的离别，是怎样的不舍，是怎样的无可奈何。远山，在迷离的月色中沉默着，远山遮不住依依别情，遮不住我对你的深深眷恋。

明月如霜添了诗人几许的寒意，朋友分别本就是凄凉的，一如这凉薄的秋色夜景，无形中平添了更浓烈的惆怅和伤感。此时此刻，无论我心中有多少的留恋与不舍，可是我依然无法让离别的时刻停驻。

这一次，我知道有个地方叫远方，你就要去遥远的边塞，边塞之地遥远偏僻又荒凉，我的心真的是放不下。如果你到了那里不习惯怎么办，如果你思念家乡、思念朋友怎么办？薛涛的心瞬间就像倾泻进了一袭月光，跳跃着清洌的银芒，她的心是驿动的、是感伤的、亦是多情的。

“谁言千里自今夕，离梦杳如关塞长。”从今后，我们将隔着整个时光，而你，就站在我再也触摸不到的地方。曾经，清茶两盏，以茶代酒，举杯邀月，我们痛饮达旦。

无论你走到哪里，你给我的回忆都会温暖我的心，无论我们相隔多么遥远，无论你身在何方，距离都无法阻隔我对你的牵念。一轮新月，剪破我心中澎湃的情思，放飞我五脏六腑中无法揭制的眷恋与不舍。一泓碧水，荡漾着我波澜起伏的情感，你要走了，我的思念将伴随你远行边塞的方向而去。谁说从今天开始我们就人隔千里，你知道吗，我的心将永远和你在一起。

一句“千里自今夕”，细腻温婉的诗人用典化用了李益的“千里佳期一夕休”这一句名句。倒不是从此无心爱良夜，可是诗人此时心中溢满了挥之不去的离愁。其实，纵使相隔千里，依然共望同一轮明月，抒发出诗人对朋友那份情谊的执着与深情。凄清的心境，伤感的离愁，都挥洒在如水月色，都弥散在茫茫山影里。深情伴水声潺潺，离愁共明月挥洒。

七言绝句，仅二十八个字，却能伴随着诗人的感情而层层推进，感情如苇丛下的水，曲折辗转，愈流愈深。一曲淡然清雅的送别诗能与唐代才子的诗歌相媲美。

品读到末一句“离梦杳如关塞长”，自然而然就想起了李白《长相思·其二》里的句子，“天长路远魂飞苦，梦魂不到关山难”，此一句，语调优美，薛涛妙笔生花，巾帼不让须眉，从第三句一反自己心中伤感之意转而安慰与勉励朋友，直接把感情推向高潮。

我不敢凝望你温暖的双眸，我不敢回味你安慰的话语，放开我的手，你走吧？该上路的时候了，夜，万籁俱寂，凄美的夜空如同用水擦拭过一般分外清晰，银盘依旧挂在中天，你终于掉转马头扬鞭，你颀长的影子重叠在铺满白霜的驿道上，细碎繁密的马蹄声，声声踩踏在我的心上。你的身影越来越小……我的眼泪终于忍不住淌了下来，只为今夜的别离。

我连离别的梦也来不及去做，你就离开了。边塞在千里万里之外，遥不可及，梦魂飞度不过，纵是我的心中仍有期待，再和你相见不知道何年何月。

17. 江楼感旧

——独上江楼思渺然，月光如水水如天

赵　嘏

江楼感旧

赵　嘏

独上江楼思渺然，
月光如水水如天。
同来望月人何处？
风景依稀似旧年。

梦醒时分，被一缕从窗帘中透过的月光惊扰。于阳台仰望星光璀璨的夜空，一轮明月独挂中天。掬捧如水的轻寒，独品高处的孤寂。

银色的月光下，可否有我曾经的恋人，与我携手一同赏月，而今夜我却是独自一人。喧嚣的都市熙熙攘攘的人群里，没有属于我的喧闹和繁华。

我多么期待在我疲惫心累的时候，浩淼红尘中有那个她站在苍茫的远方，为我唱一曲红尘，为我点燃一盏心灯，在每一个孤月凉夜，为我洒下暖心的灯火，驱散俗事的纷扰，让我繁杂的心空灵澄澈，不染一丝俗世的纤尘。

“独上江楼思渺然，月光如水水如天。”记不得是哪年哪月就熟稔了这一句诗，如今依然可见曾经的日记本上工工整整抄着这首诗。

感人怀旧，是古诗里的一个重要的题材，唐诗宋词里咏月怀人者比比皆是。苏东坡的“明月几时有，把酒问青天”，张九龄的“海上生明月，天涯共此时。情人怨遥夜，竟夕起相思”，张若虚的“江畔何人初见月，江月何年初照人”，这些留传千载的妙词佳句，是诗情缱绻的诗人，在一轮明月上挂满的人间沉甸甸的思念，但凡高手之作，如拈叶飞花，皆可入心，因月怀人，古来有之。月圆人难圆，有几许遗憾又衍生出多少相思与缠绵。

这首诗的作者是赵嘏（约 806 ~ 约 853 年），晚唐诗人，字承祐，今江苏淮安人。年轻时和李白一样四处游历，过着路迢迢走四方的日子，他性格也颇像李白，他豪放不羁，天马行空。唐大和七年（833 年），他去长安考进士不第，从此后就寓居长安很多年。曾去岭表为幕府幕僚，后来返回江东（江苏镇江）。唐会昌四年（842 年）他进士及第，于长安一年后东归，不久又返回，正式步入仕途，官至渭南尉，唐宣宗时卒于任上。

客居长安的岁月，他曾写下了七言律师《长安秋望》：

云物凄清拂曙流，汉家宫阙动高秋。

残星几点雁横塞，长笛一声人倚楼。

紫艳半开篱菊静，红衣落尽渚莲愁。

鲈鱼正美不归去，空戴南冠学楚囚。

这首诗意境浩淼悠远，风格清新扑面。诗人凭高望长安，笔下的长安秋色逼人，却透着清冷，景象壮阔却含着离情，并触发他心中的怀归情怀。客居他乡的日子，那响彻苍穹里的雁翅回声，那东篱沉默的菊花朵朵，那高楼的凄切笛韵，这一切的风景意象，无不勾起诗人的羁旅情愁。在他的心底，家乡，原本一直就是他心中最遥远的牵挂。

此一句“残星几点雁横塞，长笛一声人倚楼”，是诗人的名句，《唐诗纪事》里记载，杜牧因此一句呼赵嘏为“赵倚楼”，想必杜牧一定欣赏这一曲《长安秋望》，一定是喜欢极了这一诗句，赞叹欣赏之余才送给诗人这样的雅号吧。

当我在这样一个乍暖还寒的春夜的夜半时分，重拾这曾经熟悉的诗句，巧合得很，恰逢正月十六，同样的月光如水水如天。视野中闯入一抹银光，那可是晚唐的那抹月光，便是独属于赵嘏的月光啊，那一夜的长安的月，是那样的清澈、皎洁透明。我就贪婪地借着这一满屋的月华，穿越历史的时空，细细品味一下作者的满腔思念。

是那样一个寂静月夜，想必诗人是深夜读书作罢，起身欲要安睡的时候，却发现自己毫无倦意。不忍惊扰他人，独自信步登上江边的小楼，夜凉如水，江风袅袅，举目望去，银白色的月光从万里高天倾斜而下，平铺在夜色下的江面上，夜阑人静，微风拂过，海面柔波如缎起起伏伏。

天光、浩月、万顷碧波交融在一起，如雾如幻。诗人的心也情不自禁地波澜起伏，情思渺渺，浩荡千里。记得去年今日，也是这样的月色，也是这样的寂夜，我们曾携手同游，在这茫茫江边，一起吟诗赏月，填词作赋，如今明月依旧，却不知你漂泊何处？只留下我一个人怅然登楼。没有你，月是凄冷的；没有你，夜是漫长的。月光随意泼洒的寂夜，思念轻轻拨动我的心弦。此时此刻，我的心境宛如这清辉冷月一般寂寥清凉。

旧时景象，是那样的明了清晰，说不清从哪里慢慢涌起的思念，就这样如丝如蔓牵牵绊绊就绕到了我的心坎上，纠结得我的心隐隐作痛。蓦然间才悟得，原来思念如蚁，就这般无情地吞噬着我的心，那思念正在我的五脏六腑、骨髓血液里蜿蜒前行，多少怅惘多少离情别绪漫过了我的心头。

其实，离离合合不过是人间常事，可多情的诗人依然是那样的愁思缠绕。天光、月色、小楼、还有诗人孤独的身影，还有那正从四面八方奔涌而来的牵肠挂肚的念想。一首诗，一袭月华，一江春水，三位浑然呈一体，水乳交融般融合在一起。

并不是突发其想，我却意外地想到了另一首诗。这便是崔护的那首《题都城南庄》：

去年今日此门中，人面桃花相映红。
人面不知何处去，桃花依旧笑春风。

初春，沾染相思的季节。彼时的崔护，于桃花绚烂的季节邂逅了一场最旖旎的花事。他不过想讨碗水喝，却遇到了他生命中的美丽女子，没有任何矫情的开场白，只是一个瞬间的轻轻凝眸，她便撞痛了他的心。

她于门边那一次回眸，终是令这位多情的书生一念堕落，万劫不复。爱情就是这般神奇，有些人相处每一个朝夕却不曾有过心动的感觉。有些人，只是眼神的瞬间交汇，却能牵动彼此的心弦，心跳的感觉让我们留连忘返，坠入爱的轮回。

可是他不过一个应试的书生，功名未就，前途未卜，即便是刹那间的心动是这般让人心魂荡漾，可是他不能给她一个未来，也不能给她安稳的生活。他未敢涉步于爱河便怅然离去。一年后他考取了功名，杯酒庆贺的时候他又一次想起了她。他故地重游，只为找寻昔日佳人，可是物是人非，旧时的门户还在，旧时的桃花依旧，花木扶疏，春光潋滟，只是昔日的女孩却不知何处。

这两首诗是这般惊人的巧合，简直有异曲同工之妙，却有各有彼此不同的风采。同为七绝，同是于今日忆往昔，把万千思绪推送到旧年，同是触景伤怀，睹物思人，而偏偏旧人不在，徒留旧时风景犹在。

彼时，赵嘏徘徊于江边高楼之上，望月；崔护踌躇于农家柴门之中，赏花。心里心心念念牵挂的人，都不在自己身边，都在彼此的缠绵回忆里。

叙述的手法也是如此这般惊人，如出一辙，都是在诗的第三句，提出设问，点明诗的主题，掀起诗人情感的波澜，“人面不知何处去”“同来望月人何处”。仅七字的诗，竟然有两个字是相同的，“何处”奇妙地都在诗的第三句呈现。最奇妙的是两首诗的末一句，都是在答非所问或是模糊地回答自己提出的问题。

赵嘏笔下的月色是何等澄澈洁净，崔护笔下的人面桃花又是何等的娇艳怡人。崔护的诗以浓烈潋滟奇芳，而赵嘏的诗以隽永淡远见长，此一曲七绝，作者可谓是别具匠心，奇思妙想。情与景默契交融，情与思细密轻缠，仿佛是一气呵成的诗，宛如这粼粼江水，让人读罢，不免情思悠悠。淡远的意境，让读者仿佛有身临其境之感，就是那登楼望月的怀人之人。

首句的“独上江楼思渺然”，简简单单七个字，为读者清晰地交代了此番登楼的时间、地点、人物，所谓何事而来。一字重千斤，即刻点墨成诗，是这般简洁凝练，颇有大家的风采。

“月光如水水如天”这一句，可与初唐王勃的“落霞与孤鹜齐飞，秋水共长天一色”相媲美。彼时，王勃的这一句堪称千古名句，赵嘏的这一句，当仁不让。王勃画丹青临摹的是白天之景，赵嘏执素笔描绘的是月夜之景。

一个“水”字的叠用，不但不让读者感觉重复繁杂，反而奇异地为读者呈现了别样的赏读效果，真乃平淡中见奇妙，不得不为诗人的妙笔奇思感叹。

如此这般的叠字回环，于诗作平添了别样的风采，为这幅水月如天的美图锦上添花。自古儿女为情忧，似这般怅然的相思便顺理成章地挥洒于字里行间。

第三句的“同来”与首句的“独上”遥相呼应，暗示赏读此诗的人，这一首便是诗人故地重游，触景伤怀。“人何处”对应“思渺然”，人生活于这个繁华的世界上，离离合合本是平常事，时间是把挫刀，于冥冥之中就把同属于我们的岁月挫得面目全非，此景此情犹在心里，昔日的恋人或朋友却永远遁出了自己的视野或心海。再也捕捉不到关于她或他的任何消息，这究竟是不是物是人非，这究竟是不是人世无常呢?

似这般的人生哲理，都被诗人别出心裁地融入这短短的 28 个字之中。让这首出于名不经传的作者之手的小诗如一朵淡菊，于寂夜中绽放，暗香飘远。

我依然徜徉于夜色弥漫的阳台上，依然沉浸在赵嘏的小诗里，初春的寂夜，天边一轮明月洒下点点清凉，我愿在这繁华的现世，拂去白天的繁华，一个人轻轻踩碎这如水的银光，牵出我心中浓烈的思念。

诗赏罢，思绪依然纠缠于诗里。寂寞，融在月色里；相思，流淌在江面上。梦里他独桨孤帆，依然为往昔刀刻的岁月执着守候。

18. 赠别（其二）

——多情却似总无情，唯觉樽前笑不成

杜 牧

赠别（其二）

杜 牧

多情却似总无情，
唯觉樽前笑不成。
蜡烛有心还惜别，
替人垂泪到天明。

天下没有不散的筵席，世间所有的相聚终究会变为离别，今天的我们必须说再见。心里忍不住涌起难言的痛，却依然要强颜欢笑装着不在意，心里有一千个一万个舍不得你走，却不得不独自咽下这杯离别的酒。缘分，让我们曾经相遇、相知又相爱，这份情我会永远记在心里。无论我走到哪里，你是我心底永恒的故事。

如花似梦，他和她短暂的相逢。他本是漂泊在这个繁华都市的一个过客，而她也只是一个青楼中的女子。可是，命运却让他们相遇。相爱的日子，所有的缠绵细语都在心里。如今，却不得不面对离别。

这一首《赠别》是杜牧在离开扬州时为青楼里的一位歌女所写。

杜牧，晚唐著名的诗人、散文家。字牧之，号樊川居士。因晚年常居于长安南部的樊川别墅，又称“杜樊川”。又因写过《紫薇花》，人称“杜紫薇”。陕西西安人，唐德宗贞元十九年（803 年），他出生于官宦世家。远祖杜预是西晋著名的政治家和学者。曾祖杜希望为唐玄宗时的边塞名将。杜家虽是高级官宦家庭，却也是文化气息很浓的家庭。杜牧的祖父杜佑是唐朝中叶著名的政治家、史学家、历任德宗、顺宗、宪宗三朝宰相。他一生勤勉为政，好学，并著有历史著作《通典》。杜牧的父亲杜从郁，也在朝为官，官至驾部员外郎，但英年早逝。

杜牧 20 岁时博通经史，23 岁时写了《阿房宫赋》。唐文宗大和二年，杜牧 26 岁进士及第，授弘文馆校书郎，做过史馆修撰，膳部、比部、司勋员外郎，并做过黄州、池州、睦州刺史等职务，最终官至中书舍人。为区别于杜甫，人称“小杜”。他以七绝见长，在晚唐诗坛上首屈一指，与李商隐齐名并称“小李杜”。

他的诗歌作品雄姿英发，忧国忧民，如《泊秦淮》：“商女不知亡国恨，隔江犹唱后庭花。”有的小诗忧伤中略显凄婉却又不失旷达与豪放，如《九日齐山登高》，“古往今来只如此，牛山何必独沾衣。”还有含蓄精练写景的诗作《秋夕》，“银烛秋光冷画屏，轻罗小扇扑流萤。”

小杜生活在官宦书香世家，前辈的传统对他影响颇深，他才华出众，尤其以政治才华见长。他受祖父的影响，关心国家的治乱得失，他以天下为己任，喜欢论兵议政，政治思想进步。

可他生不逢时，他生在江河日下的晚唐，盛唐早已一去不复返，他的仕途并非一帆风顺，而是每每不得志，在他中进士后的十年间，他一直在幕府中沉沦，直到人到中年四十岁时才做了个小小的州官。

他空有报国之志，却又没有实现他理想的舞台，所以他很多时候是懈怠沉沦的，心灰意冷的。这些愁思无以排解，他隔三岔五徜徉在青楼。虽然还没有沉沦到花天酒地的地步，可也算得上是夜夜笙歌。这期间他有著名诗作《遣怀》：

落魄江湖载酒行，楚腰纤细掌中轻。

十年一觉扬州梦，赢得青楼薄幸名。

这是 30 多岁的小杜在淮南节度使幕府任推官转掌书记时所作，回忆自己曾经荒诞又放浪形骸的生活。

十年不过人生一梦，于繁华中堕落，就连自己终日流连于青楼辗转于不同的歌女中间，到头来也落得一个薄情郎的声名。他才会发出前尘恍然如一梦，不堪回首的感叹。

这一首以《赠别》为题的诗，本是两首，都是为了一个歌女所写。小杜终于要离开繁华似锦的扬州，回长安做监察御史了。在他失意的岁月里，是她，一直陪在他的身边。寂寞失意的时候，是她给了他一种寄托、一种安慰。

临别，忽然间就有了淡淡的不舍。她虽是青楼的歌女，可她是独一无二的她，她正值青春妙龄，正是花样年华。宛若一株盛夏的荷，蓓蕾初绽初吐芬芳。

他来来往往在扬州城的名楼辗转，看惯了青春貌美的佳丽，唯有她更显得与众人不同。她在他心里到底是与别人不同的。这在小杜的第一首《赠别》，他就写明了：

娉娉袅袅十三余，豆蔻梢头二月初。
春风十里扬州路，卷上珠帘总不如。

空灵的诗里，她是清新的、独一无二的。所以小杜才会对她心心念念，别时才会对她恋恋不舍。于是才写下这第二首《赠别》。

他本是这繁华都市的一个匆匆过客，他本是世家的贵公子，他本是落魄在此的官人。而她却只是一个为了生计，混迹青楼的歌女，她每日里对镜梳妆打扮不过是为了人前卖笑，只为了讨生活而已。所幸的是，命运让他们的生活在这里有了一个交集，无论是对他还是她，他们都是备感幸福与珍惜的。他的才华、他的细心、他的体贴无不让她怦然心动却又铭记在心。而她，有自知之明，她清晰地知道，这一生一世终是与富贵的他无缘相守。

有些人有些事，只要相遇，只要曾经走近过对方的心，这一辈子就刻在心里了。寂寞失意的时候，常常唤她作陪，她为他弹琴为他唱歌。本不过就是逢场作戏的他，对在每一个不经意的瞬间早已对她怦然心动，她的一举手一投足一颦一笑，她的出污泥而不染，她的率真与纯洁，早已刻在他的心里。如今要远行，就要离开这个城市了，面对强颜欢笑的她，他的心要碎了。

有许多的感觉不用说，想她也会明白，心心相印、情投意合，尽在不言中。如今，自己与她隔桌而座，共同执杯，千言万语不知从何说起。她低眉，她纤细的玉手把玩着酒杯，她一直不语，她感觉她的灵魂都被他给抽空了。

她不过一个歌妓，承蒙他真心相待。他拿她当朋友，当做知心的人。他尊重她，喜欢她。她又怎能感觉不到呢？可是她更知道，她和他是生活在两个不同世界里的人。他们的生活终是不能混淆在一起的。逼仄的空间里，两个人一时间都沉默不语，唯有淡淡的不舍在静止的空气中缓缓地流淌着。

“多情却似总无情。”即将面对离别的两个多情的男女，心中对彼此总有万语千言，此时此刻却一个字也说不出口，只有佯装着潇洒的模样，任不舍和依恋在心中奔涌成河。

她不想让他有任何牵挂，她不想让他走得不快乐，走得不踏实。这一生一世只要他心里有她记得她，记得她曾在他最落魄失意的时候陪过他走过一程，她就知足了。

她想笑，她想开怀饮，她想放声歌。可是，她却笑不出。他和她一样，都是多情的人，却都要佯装着无情的样子。彼此间的无可奈何，唯有心与心相通的人才会懂得。一个“总”字，饱含着这对彼此间心心相印的男女多少无可奈何和身不由己，多少深情都得埋在心底了。

“唯觉樽前笑不成。”一个“唯”字，足以把诗人心中隐含着的感情都勾勒得清晰，多少深情都在心底，多少不舍都藏在酒里，多少柔情蜜意都留给了他们共同拥有的昨天。

他是真正的“笑不成”。即使笑得出，可那笑容里有几分无奈、有几分凄楚、又有几分难舍难分。诗人的那种矛盾的情感丝丝缕缕，牵牵绊绊，都被诗句给一一言明了，他爱得真，他爱得深，他舍不得，可又不得不面对残酷的现实。

北宋晏小山的那首《蝶恋花》：

醉别西楼醒不记，春梦秋云，聚散真容易。斜月半窗还少睡，画屏闲展吴山翠。

衣上酒痕诗里字，点点行行，总是凄凉意。红烛自怜无好计，夜寒空替人垂泪。

这一句“红烛自怜无好计，夜寒空替人垂泪。”这一阙词里的蜡烛亦是拟人化的，它万分同情词人的凄凉心意，可又无计为词人排遣这份凄凉，唯有替词人洒下滴滴同情的泪了。红烛无法留住惜别之人，只有为惜别之人而流泪。欢情易逝，来日重逢遥遥无期，小晏的矛盾与不舍，都在这一句里了。

而此时，这一首诗里的“蜡烛有心还惜别，替人垂泪到天明。”与小晏的词是那样异曲同工。不同的诗人，不同的朋友，不同的朝代，相同的都是惜别。恰巧还都是多情的词人和诗人与歌女的惜别，都是蜡烛替离人垂泪。

小晏的遭遇与小杜又是何其相似。同是豪门贵公子的小晏，他的仕途何时又一帆风顺过？他不过也是终日流连于歌楼，把自己的情和爱都奉献给了与他萍水相逢的女子罢了。可他的爱却是那么真，他爱得亦是那么深。

小杜又何尝不是如此呢？优越的家世，快乐的童年，自小也没受过穷和苦，却享受着富贵荣华，总想在仕途有所进取，总想实现自己的人生梦想，可现实每每是那样的不得志。因为失意因为彷徨因为寂寞，他选择日日在歌楼逃避或寻求解脱。感谢生命中有她的日子，是她点亮了他灰暗的人生。她的情他怎会不知？

蜡烛是通灵的。蜡烛本无心，此时却有心，看那正沿着烛身流淌着的烛泪，不正在为诗人和他倾心的女子的离别而伤心吗？

一个“替人”，让这空气中弥漫着的不舍又浓了许多。一个“到天明”又诠释出诗人和他所钟爱的女子是那样的留恋对方，以至于把一场作别的筵席都拖到了天明。她一直低着头，她一直不怎么说话。

这蜡烛一直在燃烧，那寂寞闪烁着的烛光，映红了诗人和歌女的脸，他们彼此深情地凝视对方一眼，又彼此避开对方的视线，他伸手轻握她的手，她含羞抽回了，她怕，她怕这一被他握住，真就松不开了。这一生，他爱过她，对她付出过真心，她很知足了。她会悄悄把他的爱都收藏在心底一隅，留着日后没有他作陪的岁月慢慢去回味，直到终老。

这一首诗，他的诗酒风流，他的多情他的缠绵，他的不舍，不着一句露骨的话语却写尽风流。那份惆怅的思绪，那份牵绊与舍不得，唯有离别的人才能体会那种感觉。这一挥手，此后山高水长，今生亦不会再相会，还是把无言的爱都写在心里吧，他若有情，他终会明白，她又怎好牵绊了他的前程呢？以后的日子，想她念她都只能在梦里了。

这一首溢满了真情的诗，却拉出了长长的离愁别绪，拉出长长的思念。

19. 虞美人·春花秋月何时了

——问君能有几多愁，恰似一江春水向东流

李 煜

虞美人

李 煜

春花秋月何时了？往事知多少。小楼昨夜又东风，故国不堪回首月明中。

雕栏玉砌应犹在，只是朱颜改。问君能有几多愁？恰似一江春水向东流。

依然记得这首词，在我尚且年少的时候就工工整整抄在日记本上。而那时恰值青葱年岁的我不过是为赋诗新词强说愁的年纪，不过只是矫情地喜欢极了这句“问君能有几多愁，恰似一江春水向东流”。

也一度喜欢极了邓丽君演唱的这首《虞美人》，她那本是甜蜜圆润的歌喉却把这一阙词唱得悲婉、幽怨、凄凉。身临其境般沉浸在那幽怨的音乐氛围里，仿佛就深切体会到了这位著名的词人那泣血的悲痛和愁情。

他的愁不是晏小山的缠绵爱情之苦，他的愁是那纠缠在心灵深处的挥之不去的浓烈的亡国之恨。这恨，与他的南唐无限天地山河同在。这愁，新愁压旧愁，牵牵绊绊纠结在他的心底，不眠不休……这一阙词，便是李煜的绝命词。

李煜，生于南唐烈祖昇元元年七月初三，逝于太平兴国三年七月初八，南唐烈祖李昪之孙，南唐中主元宗李璟第六子。字重光，初名从嘉，今江苏徐州人。

李煜，生于深宫之中，长于妇人之手，他生性多愁善感，出身于帝王之家，有太多的不得已，本是性情仁厚的他给自已取号“钟隐”“钟峰隐者”“莲峰居士”。表明自己一心向往醉于山水之间，而无心与兄长李弘冀争夺皇位。

959 年，李弘冀因杀死其叔父李景遂后暴死。宋建隆二年（961 年），李璟死，天降大任于斯人，南唐的帝位意外地落在了李煜的头上，25 岁的太子监国李煜在金陵登基继位，史称李后主，或南唐后主。

李煜对政治一窃不通，却艺术才华非凡，他精书法，善绘画、通音律，诗文造诣颇高，尤以词的成就最高，为五代之冠，他是中国最不合格的皇帝之一，却是中国文学史上一流的词人，被称为“千古词帝”。宋太祖开宝八年(976 年)，宋兵攻克金陵，南唐亡国，李煜肉祖出降，被俘至汴京，被封为右千牛卫上将军、违命侯。政治上失败的他却在词坛中留下几多不朽的篇章，他的词在中国文学史上独树一帜，并流传后世千古传诵。

他的词内容可分为两类：一类是降宋前，他的词内容题材比较狭窄，多反映宫廷富贵闲适生活和男女情爱；另一类是降宋后，亡国的悲痛让他写下一首首泣血的绝唱，十有八九是凄凉悲壮的悲歌，词的意境幽怨深远。

清沈雄的《古今词话》评曰，“国家不幸诗家幸，话到沧桑语始工”。王国维《人间词话》所言，“词至李后主而眼界始大，感慨遂深，遂变伶工之词而为士大夫之词”。“温飞卿之词，句秀也；韦端己之词，骨秀也；李重光之词，神秀也”。

而至于他的词语句清丽，音律和谐，婉曲深致，风格柔靡，辞藻奢华，更是空前绝后。如《浪淘沙》《相见欢》《望江南》《子夜歌》《破阵子》《虞美人》等。此一首《虞美人》便是最典型的代表作。

虞美人，词牌名。唐教坊曲，最初因咏项羽的爱妾虞姬。因以为名，以后作一般词牌使用。

项羽最终没能逃过汉兵的追击，自刎于乌江边。年仅31岁的项羽坠落在大汉的天空，他为之奋斗的大业以失败而告终。其实他不寂寞，他在天堂和他爱的女子相依相伴，再不分离，也是他一生最大的幸福。

李煜也是幸福的，他的生命中不乏如虞姬般痴爱他的女子，他和他的美丽的周后，夫妻恩爱举案齐眉，谱写一曲爱情的绝恋，周后死后，痴情的李煜竟然想投井殉情。周后故去，他的诗风从以前的旖旎香艳转向伤感悲切。

这一阙词，五十六个字，题材常见，却因李煜的亡国之恨，却因经了李煜的笔，因饱蘸了李煜的情与恨变得如此的凄婉动人。李煜为俘至汴京开始，被幽禁于一座深院小楼，曾经的帝王沦为阶下囚。远离他的故国，失去了自由，他时常站在这幢孤零零的小楼，遥望着金陵的方向，纵使他这个皇帝做得再不合格，可他也曾贵为九五之尊，曾是万民敬仰的帝王。

什么右千牛卫将军什么违命侯，李煜不稀罕，他本连那南唐帝王的位子也不稀罕，奈何历史就是跟他开了这么大的玩笑，硬是把一个才华横溢的才子扶到了那高高的庙堂之上。自从被宋太祖赵匡胤俘获那一天，所有的尊严都一扫而光，他放下曾经的帝王尊严甘心臣服于赵匡胤。

但是赵匡胤对李煜比较宽厚，这个时期的李煜虽为阶下囚，在宋朝各方面的待遇、生活开支用度却和一般的囚徒天上地下之别，他在赵匡胤的眼皮底下，依然过着君主的日子，手下还有一批南唐的亡国旧臣相随。

离开金陵来到大宋，他依然有自已的琼楼玉宇，有自己的小楼风景，有自己众多的嫔妃和深爱的小周，还有众多的侍女。其实那个自己不喜欢的皇位没了，他也没少什么。李煜就这么阿 Q 般地苟且地活在大宋的屋檐底下。

李煜性情敦厚，优柔寡断也是文人的通病，他依然心怀幻想，许是当初赵匡胤曾允诺下什么，他不相信自己真会落到极度悲惨的地步。976 年，北宋的开国皇帝赵匡胤突然驾崩，赵光义即位。这位宋太宗，性情不像他的哥哥那样仁慈宽厚，赵光义小肚鸡肠爱玩阴招，李煜的日子更是不如从前。囚徒一样的软禁生活，让李煜日夕以泪洗面。

时光是把利剑，豁开一个口子，转眼就到了李煜被俘后的第三个年头，978 年八月十三（农历的七月初七），李煜在小楼上与他的后妃们一起庆贺自己四十二岁生日。小楼上歌舞飞扬，李煜一时兴起即兴做词一首《虞美人》，令舞女边舞边唱，喧嚣之声不绝于耳。

李煜这首词终于冒犯了赵光义的龙颜，他震怒，他再也不能容忍，这个亡国之君竟然在他的眼皮子底下做着思国思乡的美梦，竟然毫不畏惧地大书特书他的亡国之情。他认为李煜是“人还在心不死”，认为李煜想复辟变天，想把他这个堂堂的宋太宗踩在脚底下。心机诡异的赵光义本就想除掉李煜，这阙词为他找了一个更冠冕堂皇的借口，他终于堂而皇之杀了他。

一阙词葬送了一代词人的生命。七月七日，李煜这个屈辱的亡国之君就这样在他生日那天陨落在无边的银河。那一天，银河水浩荡奔流，银河岸奏响了他的这阙亡命词。

“春花秋月何时了，往事知多少?”春有百花秋有月，夏有凉风冬有雪。人生，恰是这般美好的时节。如若是在自己的故国家园，携手佳人流连于这绚彩的人生，该是多么的自在与惬意，可是，如今，我偏偏沦为阶下囚，成为任人摆布的玩偶。

往事不堪回首，他本无心做皇帝，他本不喜欢冰冷无情的政治，他不喜欢繁缛的朝政，他不喜欢关心国家大事，他只喜欢遨游在他喜欢的文学世界里，写写曲填填词，做着一个文人美轮美奂的梦。他是那样优柔寡断，他是那样贪恋于声色之中不能自拔，可是他却犯下了那么多无法更改的政治错误。他终日不理朝政，听信一面之辞，枉杀谏臣……

政治不是填词写曲，写错了，可以涂抹了重写，政治是无情的，偏他是有情的。这就是他的致命之处。

词的开篇落墨，宛若李煜心中的无限凄苦与悲凉，只需轻轻一按便汩汩流出。杜鹃啼血的一阙词，从一开始落笔就氤氲着诗人亡国的长泪。

“何时了?”这是他发自心底的对生命、对人生的质问吗？他在沦为阶下囚的时候，他的往昔早已了却在他的南唐，劫后余生，苟且度日，这样的屈辱日子，何时才是个尽头啊?

优柔寡断是文人的通病，但天生的傲骨却让李煜这样的文人，含羞受辱，他的心是支离破碎的，他在小楼通宵达旦歌舞取乐，那亦是胸中满腔悲愤无以派遣不得已而为之。有时速死亦是一种解脱。活着才是一种无言的摧残与折磨。

一年一年春秋交替，一年一年春花开了又凋零，周而复始，永不休止，而这短暂泣血的人生却有尽头。他写下这阙词的时候，是否就已经感觉到他的生命走到了尽头呢?俞平伯在《读词偶得》评论这一句乃“奇语劈空而下”。

他笔尖的墨氤氲着他滴到纸上的泪，“小楼昨夜又东风，故国不堪回首月明中。”小楼，在无边的春色中孤单伫立，宛如此时孤单的他。春风飒飒，又一年的春天来临了。春花在黑暗的寂寞夜中孤单绽放。月明千里，人在千里，我的故国又在何方呢？亡国之君、讽刺的违命侯，沉重的枷锁压得他喘不过气来。此时月明星稀，宋国的月亮照着他这个南唐的旧时君王，小楼上银光闪闪，一片凄凉。他久久地站着，远望着故国的方向，月圆想家，特别是多愁善感的文人，多少相思无限恨，让他整夜整夜的失眠。

“小楼昨夜又东风”，于小楼思念故国。“月明中”巧妙地合上了首句“春花秋月”的月字。一个“又”字，就会让读者更加了然李煜，在这幽禁他的小楼之上，不知道度过了多少个这样夜不成寐的长夜，月光如水，长歌当哭，他的泪他的痛他的恨，天上的明月能知晓吗？

“故国不堪回首月明中”，这一句是李煜心中无法抵制的怆然长叹，亦是他痛断肝肠的呐喊。故国、小楼、以及这苍茫的人生，这无言的痛楚，都铺洒在这明月清风中，清风明月入怀抱，他的路早已在被俘那天就堵上了，他的人生依如这凉薄的月色，渺茫又清冷，他心底的悲哀浓郁得让他几近崩溃。

大自然的永恒浩渺与生命、世事的无常，一个愁肠百结的柔弱的文人，他的性格决定了他不可能像南宋的文天祥那样，誓死不屈，慨然长叹“人生自古谁无死，留取丹心照汗青”。他唯一能做的，就是在他生命的乐曲被划上终止符时，拼尽全力，把这一阙词唱到极致，唱得让人不忍卒读。

“雕栏玉砌应犹在，只是朱颜改。”故国已不存在了，故国已被疯狂地踩踏在大宋的铁蹄之下。明知道，“故国不堪回首”可是忍不住还是要去回首。

这一回首，便会触痛他本已寸断的柔肠，故国易主，往事苍凉，如剑一样刺痛五脏六腑，南唐的精雕细刻的栏杆还在，玉石砌成的台阶依旧，宫女如花的容颜已经憔悴苍老，他的“故国”不再是他李重光的故国而是改名换姓，被历史烙上了赵姓的烙印。

“只是”二字，透着词人的万般无奈和无以言说的无可奈何，物是人非是一种痛苦的折磨，残酷的现实让他的心在滴血。

春花美景与凄切悲情，让人不堪回首的过往与残酷的当下交织在一起，形成鲜明的对比，描摹美景融入人事沧桑，世态炎凉，而且融合掺杂得天衣无缝，这便是李煜妙笔生花所在。让人于无限悲怆中，宛若早春时节骤然淋雨，透骨的冰凉与清冷。屈辱、悲愁、悔恨如淋漓不断的雨，丝丝缕缕、牵牵绊绊、纠纠缠缠，就这么着把他的心给扯成碎片，扔在风中。这无穷无尽的幽禁岁月啊，何时才能了结。

无法挥去的国愁、家恨密密地交织在一起，在他的心中汇聚成即将喷发的急流，他的心被这挡不住的洪水冲破最后的堤坝，他的情感呼啸着拍岸而来。

那千古的绝唱轰然而至，“问君能有几多愁，恰似一江春水向东流。”最后两句词，把这阕词推向高潮，却是他自问自答。很难想象他那生命的琴键，一直弹奏得幽怨的哀歌，却在最后崩弦的瞬间，发生他生命中最后的呐喊。

此一句语言新颖力度十足。以水喻愁，前人亦有。诗豪刘禹锡的《竹枝词》里有诗曰，“花红易衰似郎意，水流无限似侬愁”写得美丽清新，相比李煜的这一句千古绝唱略显得直接了些。

秦观的《江城子·西城杨柳弄春柔》写道：

西城杨柳弄春柔，动离忧，泪难收。犹记多情曾为系归舟。碧野朱桥当日事，人不见，水空流。

韶华不为少年留。恨悠悠，几时休？飞絮落花时候一登楼。便作春江都是泪，流不尽，许多愁。

这阕词里少游把清泪、流水、离恨交织在一起，在爱的源头融为一江春水，融为感情的汹涌激流，让读者感同身受地融入词人的浩瀚思潮。这阕词不失为一首词中精品，但这末一句较李煜的这一句来说，还是略显逊色不少。

这阙《虞美人》的最后一句，却是李煜于万般悲愁中质问这悲怆凄切的人生，这发自心底深处的诘问，就宛如那滚滚向前的一江春水，刹那间的喷发便把他整颗心田都浇得透湿。国破之愁，家亡之恨。

一个帝王最大的不幸就是亡国亡家。一个失去尊严和自由的亡国之君的处境可想而知，最起码的人身自由也会遭到限制，往日的繁华和富贵都成过眼云烟。

那滔滔的江流，那滂沱的感情潮水，长久地在他的心底奔流不息，他那被河水不舍昼夜疯狂冲刷的心的河床，早已泛滥成灾。

他的哀词里，谱写的是他的一曲曲的生命哀歌，让后世的我们在品读他的词时，含着泪忍着痛，一一细数他的血泪他的伤痕。这一阙词，吟唱一曲泣血的悲歌。李煜首先是一个至性至情的文人，其次才是一个帝王，只是他的忧郁的眉间被永远地烙上了亡国的印记。

其实，抛开沉重的历史，生命还是如此地厚待李煜，如若没有这难捱的亡国之痛，何来这千古绝唱远扬，如若没有这扯不断的悲愁、离恨，哪来他最美诗词传承千载，万古流芳。

历史的尘烟弥散了南唐的整个天空，被幽禁的岁月，他的悲愤、他的愁苦无人可以诉说，他只有把这些蔓延至骨髓里的痛融入他的词里，他借词抒怀，词中的哀婉与凄楚，字字泣血，语语呜咽，于无限缱绻与纠结中吟唱着他生命的哀歌。

20. 雨霖铃·寒蝉凄切

——今宵酒醒何处？杨柳岸，晓风残月

柳　永

雨霖铃

柳　永

寒蝉凄切，对长亭晚，骤雨初歇。都门帐饮无绪，留恋处，兰舟催发。执手相看泪眼，竟无语凝噎。念去去，千里烟波，暮霭沉沉楚天阔。

多情自古伤离别，更那堪，冷落清秋节！今宵酒醒何处？杨柳岸，晓风残月。此去经年，应是良辰好景虚设。便纵有千种风情，更与何人说！

离别，奏响在毕业前夕，无尽的伤感拨乱了我心里纷乱的思绪。一往情深，总是留不住离别的脚步。毕业，总是宛若来势凶猛的海啸，席卷着倾心相爱的情侣们。当初那“我要陪你一辈子”的承诺，在毕业的潮汐里被冲刷得苍白又无力。我们即将赴一场缘散秋离的独幕剧。

爱情宛若门前的那一泓碧溪澄澈又透明，浪漫的日子，让人温暖又沉醉。相爱，蜗居的小日子有点苦，爱是我们唯一的财富，如今要各奔西东，我忍不住偷偷地哭了。洁白的宣纸上画一季春暖花开，而现在我们面朝大海，即将踏上不同的客船。

兰舟催发，念去去，暮霭沉沉楚天阔。我和你执手相看泪眼，无语凝噎。

黑色的七月，我们重复着“多情自古伤离别”的古老故事。而彼时，在繁华的大宋，他也和她的恋人即使离别在七月，也是在同样的清秋时节。他一袭白衣，临风而立，他和她深情凝望着，想把对方看在眼里、刻在心里。

他，就是写下“多情自古伤离别，更那堪冷落清秋节”的柳永。他与词共生命，是一个专心作词的才子词人，亦是北宋大量制作慢词的第一人，他是北宋前期最有成就的词家，亦是北宋最风流、命运最坎坷的一代词坛高手。郑振铎在《中国插图本文学史》中评说他“除词外没有著作，除词外没有爱好，除词外没有学问”。

柳永（约 987 ~ 约 1053 年），今福建武夷山上梅乡白水村人，原名三变，字景庄、耆卿，后来改名为永。柳永出生在一个官宦世家，父亲柳宜本是南唐监察御史，降宋后为沂州费县令，官终工部侍郎，身为是南唐降臣，在大宋他依然对他的李后主念念不忘，时常在夜深人静的时候，遥祭旧主，又担心授人把柄遭到大宋皇帝的残杀，一生畏缩生活。

柳永遗传了父亲的个性，懦弱，柔软。父亲时常吟诵李后主的词，联想到自己一生的遭遇，泪落如雨。良好的家教，童年时代的柳永开始对词产生了浓厚的兴趣，世代官宦之家成长起来的柳永，也有着飞黄腾达的梦，也想跻身于政坛，实现自己入仕的理想。

命运弄人，柳永的父亲、叔叔、哥哥、儿子、侄子都是进士出身，唯有他仕途举步维艰，命运恩赐他才高八斗却半生与中举无缘，直到五十一岁才进士及第，做了一个小芝麻官儿，但他却为官一任，清正不阿。

那年柳永到汴京应试，年轻如他，一进繁华的京城就被乱花迷了双眼，绊住了脚。生性浪漫风流的才子，终日和京城的歌妓混在一起，风月无边，依红偎绿的风流岁月，那壮志凌云的人生理想，都在他的“浅斟低唱”里，都挥发在灯红酒绿的温柔乡，都散落在旖旎的烟花之地。

其实不是他不拿科考当回事，是风流多才的人难免骄傲自负，他自信于自己“多才多艺擅词赋”“艺足才高”“自负风流才调”，如李白一样，根本没拿科考当回事，认为凭他的才华轻轻松松就能登科。年轻疏狂的才子，心比天高，骄傲又自负，他甚至夸口说，即便当朝皇帝监轩亲试，他也“定然魁甲登高第”。

可是事与愿违，黄金榜上无名。让他激愤万分，写下名词《鹤冲天》，“忍把浮名换了浅斟低唱”，这句词流传千古，也惹怒了皇帝，偏巧宋仁宗真的临轩放榜，从中榜的名单中勾去了柳永的名字，御笔批示："此人花前月下，好去浅斟低唱，何要浮名？且去填词。"

才子词人，自是白衣卿相。自此，柳永果真尊皇命，继续浅斟低唱，他翩翩的身影晃荡在青楼妓院，优哉游哉徜徉于花街柳巷。

官场不容，词坛兴，他自称"奉旨填词柳三变"，毕生倾尽心力专业于填词事业，创作了一首又一首起于社会最底层的妙曲佳词。他本是上流社会官宦人家的贵公子，为排遣仕途的失意，他频频出入市井，徜徉寄情沉醉于青楼，却与那些栖身于青楼的下层社会的女子，平等相处。

繁华旖旎的城市风光和青楼歌妓的生活成为他填词的主要内容，他的词多为慢词，情景交融，语言淡雅通俗，音律婉转，他多为教坊乐工和歌妓填词。文人求功名而不得，那种惆怅与失意，寄语词中，所以他又擅长描写羁旅行役的词，这类词作占尽柳永词的四分之一，有六十首之多，写尽词人的落魄与无奈，透着无尽的悲凉与孤独。

柳永的词民间传说"凡有井水饮处，皆能歌柳词"。因为这些词通俗浅近，又被歌女广泛传唱，在当时流传甚广。

他的小令《少年游》："长安古道马迟迟，高柳乱蝉嘶”，这是柳永晚期对人生的感悟与总结，却因长于写俚词艳曲，被别人不耻，被仁宗皇帝痛斥。然而，我倒是感觉他率真得很，是一个活得很潇洒随性的词人。

他的另一借景抒情的怀人词《蝶恋花》里，“衣带渐宽终不悔，为伊消得人憔悴”，因为经了词人的妙手把恋人之间的思念描写得淋漓尽致，成为千百年来脍炙人口并传诵的名句，被后世的王国维认为是人生的最高境界，借柳永的词来诠释成大事者甘于奉献，虽九死犹未悔、执着坚韧的精神。

他的《八声甘州》，亦是流传后世的名篇，描述了羁旅在外的游子的思乡纠结之情。那句“渐霜风凄紧，关河冷落，残照当楼。”最是妙不可言，“此真唐人语，不减唐人高处矣。”

柳永生活的年代恰逢太平盛世，他本是官宦人家的子弟，却偏偏喜欢在市井青楼这些下层风月场所流连，他所爱恋的对象和多情的晏小山一样，十有八九是下层歌女。正是这些如花美眷，占据了多情词人的心，带给她们无悔的青春，一抹绚烂的异彩。

当年因为年少疏狂目无一切，写下那阙《鹤冲天》，才高气傲，被仁宗皇帝勾下皇榜，直到年过半百进士及第，皇帝也不过赐于他一个余杭县宰的职务。他一生辗转流落和很多青楼的妓女熟稔亲厚。流浪于江州时结识名妓谢玉英，二人相知相许，才情般配，柳永写词誓与她海枯石烂永不变心。

在余杭任上三年，他又结识了很多貌美的妓女，但他对谢玉英难为忘情，柳永任职期满后经过江州去看望谢玉英，不想她接新客陪酒去了，柳永怅然赋词一首，“见说兰台宋玉，多才多艺善赋，试问朝朝暮暮，行云何处去?”

谢玉英感叹柳永多情才子一片情深厚意，卖掉家私去京城，在东京名妓陈师师家找到柳永，二人便在陈师师家东院生活，俨然夫妻。

“不愿穿绫罗，愿依柳七哥，不愿君王叫，愿得柳七叫，不愿千黄金，愿得柳七心，不愿神仙见，愿识柳七面。”当时的汴京城流传着这样的口号，那些倾慕柳永的风月欢场女子，她们心甘情愿陪着自己卖笑卖艺的钱财，争养着柳永，只为与他浪漫活一回。因为柳永，不像别的富贵门第的公子哥那样一边肆意攫取她们的身心，一边瞧不起她们身上沾染了风尘。

而柳永，是爱她们的，在他的心里，这些蒲公英一样飘零在青楼的女子，她们举止轻浮放荡，终日打扮妖娆，只为博客人一笑。而她们的心里是悲苦又凄凉，她们多半出身贫寒，为了生计而卖身青楼，终日卖笑陪唱，于风尘中，坚强地过活，却无依无靠，四处漂泊。这些惨淡的身世又和柳永一生失意四处萍踪不定的境遇是那样的雷同。所以，他尊重她们，爱她们。

当柳永浪荡多年最后死在名妓赵香香家中，一生风流的才子词人，一无家室二无钱财，死后无人过问。谢玉英和陈师师等名妓感念旧日柳永待她们的好，凑钱厚葬了柳永，而痴情的谢玉英为柳永戴重孝，别的妓女也都披麻戴孝，出殡时，满东京的妓女都来了，繁华的大街上，半城缟素，一片唏嘘。这便是“群妓合金葬柳七”的佳话。

他的词，是风花雪月，却情深意长。他为那些身处社会底层的妓女写词，聆听她们的苦难与不幸，了解她们在人后的辛酸与委屈。我想，一定是能走到柳永心上的人。才情并茂，温婉可人。她一定拥有谢玉英的色佳才厚，拥有陈师师的风情万种。

雨霖铃，原唐教坊曲，相传唐玄宗为了避安禄山之乱入蜀，恰逢霖雨连日，栈道中闻听见铃声，因悼念自缢在马嵬坡的杨贵妃，而作此曲，曲调自身就含着哀伤的成分，此曲柳永用为词调，又名《雨霖铃慢》。

柳永是一个游子、浪子，其次才是一个词人。他是一叶浮萍，长期萍踪不定的生活，让他长期处于离乡背乡，流落江湖的境地。所以他经历了一次又一次的别离。离情让人心境黯然，离别亦是宋词中永恒的主题。因为离别如箭刺痛多情人的五脏六腑，痛断肝肠，又因了浪漫词人的笔，使得宋词如花，如绽异彩。

这一阙词是柳永描写离情别绪的千古名篇，亦戴着“宋金十大曲”之一的美冠，写在词人即将离开汴京前往浙江之时，留别所欢的作品。但究竟是写给哪一位如花美眷，是谢玉英还是陈师师，亦或是其他歌妓，词里没有明确的记载。

一场骤雨过后，雨洗汴京城，空气中一片清新。江边的树林里，不时传来凄切的蝉鸣，那天，正值傍晚，他和她双双来到江边。有三三两两的离人正在窃窃私语，空气中，弥散着感伤。她和他隔坐对饮，有晶莹的泪滴滴落在酒杯里，有离别的涟漪一圈一圈荡漾在她的心里。她心里有好多话要和他说，可是却不知道从何讲起。她不过一个风尘女子，能得到他倾心爱近，已是一世的幸福和满足。

她也知道，多情的他不会仅为他一个人而留在这个城市，她也没有理由要求他为她留下来。如今站在这里，曾经执手相伴的誓言在这里。他紧紧地把她的手呵护在手心，她分明看到他眼里闪烁着泪花。不想说珍重，也不想说再见，她只想就这样默默地陪伴他这临别前短暂的时不我待，她只想把他深深的刻在心里。

泊在岸边的兰舟已经解开缆绳，船家已经频频催促离人，马上就要开船了。离别的旋律铿锵了离人心里不舍的鼓点，分别在即，想要说的话很多很多，两双手深情地交扣在一起紧紧握别，彼此深情凝眸千言万语都化作默默无言。她不想抽出他的手，她想贪婪地享受这难得的温馨。

“寒蝉、骤雨”，词人起笔勾勒出一副哀飒秋景图。简单的 12 个字，就把词人和恋人分别的时间、地点、环境交代得明朗又清晰，把相爱的男女离别时的气氛烘托到极致，这一阙词在开篇就被定下了凄凉哀婉的调子。

长亭，短亭，是古代专门为送别设置的亭舍，供旅人休息，为饯别所用。多少悲欢离合多少难舍难分的浪漫爱情、爱恨别离故事都是在长亭拉开序幕，激情上映。南朝庾信的《哀江南赋》中有这样的句子，“十里五里，长亭短亭”。李白的《菩萨蛮》曰：“玉阶空伫立，宿鸟归飞急。何处是归程？长亭更短亭。”

词人别具匠心地摄取萧瑟凄迷的秋景，罗列这一系列离别的意象，作为离别时的衬托，无形中加重了别离时的愁苦。柳永不愧为写词的大家，在词伊始就运用多种手法，多管齐下，描写的手法、意象的运用，情景交融的渲染，无论哪一种方法都运用得恰如其分。他像一个老道的导演，为剧中男女主人公的出场作了最出色、最职业的渲染与铺垫。

“骤雨初歇”意味着词人马上就要启程远行。没有突兀的感觉，词人仅用四个字就很自然地过渡到了下一句的“都门帐饮无绪……”离别的场景让人心境怆然，离别却又在船家的催促声中一时近似一时，现代电影电视剧中常有这样的送别片段，这边列车拉响凄厉的长鸣，站台边即将分别的情侣忽然紧紧地拥抱着对方，难舍难分，列车启动了，车上的人探出车窗频频挥手，送别的人追着列车边跑边抹腮边纷飞的泪。

而此时，词人却挥挥手中的妙笔，运用白描的手法，“执手、无语、凝噎”这一系列动作，把他和她不忍离别偏又离别时的那种无奈凄楚的心情细细勾勒，一对彼此深情依依的情人分别时的图画便跃然纸上。

那边兰舟催发，这边万般留恋情浓，她和他没有拥抱热吻却只是“执手相看泪眼”特定场景的设置，离别更加紧迫，促发情感的迸射，形象又逼真，柳永执妙笔精炼刻画了人物的心理。

“念去去，千里烟波，暮霭沉沉楚天阔。”他要走了，他要离开京城离开亲爱的女孩，去遥远的南方。今天一别，不知道何年何月再能相见，无论是他还是她，此时此刻，心情是沉重的，是不舍的，是万般无奈的。分别后，楚天辽阔，山高水长，千里烟波，一望无际，荡漾着悠悠离情。他就要走了，一叶小舟独桨孤帆即将消失在海与天的交接处。

李攀龙《草堂诗余隽》：“千里烟波”，惜别之情已骋；“千种风情”，相期之愿又赊，真所谓善传神者，实为到位的点评。这个“念”字用得极好，上承“凝噎”下接“千里”，自然过渡承上启下，两个“去”字叠用，字从口唇中吟出，千里迢迢之路，便于眼前平铺，千里万里暮霭沉沉，一程又一程。

此一句，倒是有了李白的诗句，“孤帆远影碧空尽，惟见长江天际流”的味道。一个是独一无二的诗仙，一个是空前绝后的词人，都是前无古人，后无来者，因为送别饱蘸着感情而写的诗和词到底都是极品，不同时代的诗人和词人各领风骚。周济《宋四家词选》：清真词多从耆卿夺胎，思力沉挚处，往往出蓝。然耆卿秀淡幽艳，是不可及。

唐圭璋《唐宋词简释》：此首写别情，尽情展衍，备足无余，浑厚绵密，兼而有之。

自古多情多愁善感的人最惧怕别离，更何况是离别在这秋意深浓的秋天。似这般浓郁的离愁让我怎堪承受。有谁知道今夜我深夜酒醉，独醒时又身在天涯何处呢？也许，是异地他乡的杨柳岸边，陪伴我的只有他乡的晨风和残月。这一去，经年离别，此生鲜有机会再相见，相爱偏偏不能相守，命运总是无情，爱情总是多艰，每一段感情的开始，于多情的他，总以为能和她携手到老；于她，总以为能与他朝朝暮暮。

爱情不只是两个人的事，在爱情里除了心心相印，除了两厢情愿，还有物是人非，还有曲终人散，亦还有世俗与时过境迁。也不知道分别后，他或她是否还记得这个他们曾经热恋过的城市，是否还记得这段尘缘。即便是好风好景好天气，怎奈别后的他们会不会还拥有那样的好兴致好心情来欣赏这人间美景，纵使心中有千种风情，万种爱意，又能向谁去诉说？与何人来分享？有谁陪她书旧时诗卷，有谁陪他拨弄旧时琴弦？

在一种全新的锐痛里，在这阙词营造的伤感氛围里，品味她与他的怆然离别。词人作别昔日的恋人，小议人间的离别。天底下有情人的离别，并不是从他或她开始，古来有之。只是作别在这萧瑟的冷秋，离愁更浓。因了柳永的笔，这一阙词，醉倒多少多愁善感的人儿。

清代的纳兰也有一阙词《如梦令·木叶纷纷归路》：

木叶纷纷归路，残月晓风何处。
消息半浮沉，今夜相思几许。
秋雨，秋雨。一半西风吹去。

纳兰作别沈婉时写的一阙词，一次萍水相逢，一次浪漫相遇，一次伤感离别。细腻温柔多情的纳兰，一定是精通中国的古典诗词又极喜欢柳永的这一阙词，才活学化用了他的句子，把这一阙词的点睛之句，化成了“残月晓风何处?”纳兰的词缱绻，轻柔；柳永的词缠绵，哀婉。同是一流的词人，写出不同风味的离别情。

别，别吧，只把回忆装进胸膛去燃烧。思未尽，情未了，词人却以问句“纵有千种风情，更与何人说?”戛然收尾，刹住全词，一任余味袅袅。把爱情交于别后的你我，交与流转在指缝间的岁月。

这少年时就熟记在心的词，直至多年后，细细品读，再一次触摸他与她的爱和相思，让我身临其境他们的伤感。

清丽的景语，发自肺腑的感情流露，词人妙笔一勾，章法多变于无形，情弥漫在秋景里，愁荡漾在烟波中，思徜徉在别离时。他，用心化墨，蘸情写。全词情景和谐交融，意与境缠绵交会。柳永的词总是这般的婉约，在不经意间就触动得你我心中伤感连绵。

21. 水调歌头·明月几时有

——明月几时有，把酒问青天

苏　轼

水调歌头

苏　轼

明月几时有，把酒问青天。不知天上宫阙，今夕是何年？我欲乘风归去，又恐琼楼玉宇，高处不胜寒。起舞弄清影，何似在人间？

转朱阁，低绮户，照无眠。不应有恨，何事长向别时圆？人有悲欢离合，月有阴晴圆缺，此事古难全。但愿人长久，千里共婵娟。

中秋月，高悬在无垠的夜空。古时富贵人家习惯在这样阖家团圆的时刻，饮酒赏月，吟诗作对。中秋节，是多愁善感的文人们可以大抒胸臆、大做文章的传统节日。因为举家欢庆的时候，总会勾起人们心底的思念。举头望月，明月皎皎，亘古不变。洒一席清辉，普照着天下的离人。

月光下，多情的词人有思念亦有忧伤，掬一捧如水的月色，任无边的思绪被清辉缠绕。有那么多的名诗妙词传承千载，这一阙词在中国古典诗词的瀚海里，宛若一颗最晶莹的珍珠，历经岁月的洗涤，依然色泽依旧。

很多喜欢古典诗词的人都将这一阙词烂熟于心，随口吟诵。它的作者苏轼是唐宋八大家之一，是欧阳修之后的文坛领袖，与黄庭坚、米芾、蔡襄并称宋四家，他是宋词豪放派的创始人。他被后人称为“坡仙”“诗神”“词圣”。

苏门三父子，都是大文豪。清人敬称说，“一门父子三词客，千古文章四大家。”他诗文书画皆通，是北宋艺术界的全才，北宋文坛的盟主，集文学家，散文家、书画家、政治家、诗人、词人、美食家于一身。

苏轼（1037～1101 年），字子瞻，号东坡。北宋眉州（今四川眉山）人。苏轼父子和历史上的“三曹”齐名，东坡自小接受的是传统的儒家教育，他的家庭并不是太富裕，却足有条件让东坡和子由（苏辙）接受最好的教育。嘉佑元年（1056 年），东坡高中进士，年仅 21 岁，从此步入仕途。

作为一个政客，他官至端明殿学士，礼部尚书，但属司马光旧党一派，他一生官途坎坷，一直在宦海中沉浮，因与新任宰相王安石政见不和，又反对王安石新法，所以屡次遭贬，他一生曾因“乌台诗案”入过狱，也一度四处流放。

可是他在文学创作方面的成就却成为中国古代文学史上的一座丰碑，现存诗两千多首，题材丰富多样，存词三百多首。他的词冲破了以往宋词只写爱情风花雪月的樊篱，在描写传统题材之外，更多地描写农村生活、书写贬谪生涯、抒发报国豪情。

他开创了北宋豪放词的先河，成为豪放一派的领袖，但他为人豁达，生性达观，历经风雨，却如一株挺拔的青松不改葱绿的本色。他的词风多样，除却激情、豪迈、壮丽、激昂之外，婉约之词或清新飘逸，或婉媚缠绵，每一阙词都独具风采，篇篇都是经典。

我是那样深深地喜欢东坡，更熟悉东坡，能熟练地背诵他那么多的诗和词。他的《念奴娇·赤壁怀古》，掀起磅礴的长江水，品读他这一阙词，我感受到东坡那份“大江东去，浪淘尽，千古风流人物”的洒脱。

他最早的一首豪放词《江城子·密州出猎》，洋溢着浓烈的时代气息，和“江城子”一样的气势磅礴，豪迈激荡，情景交融感人肺腑，词里却挥洒着他殷殷的报国豪情，我分明看到的是一个那样豪情万丈的老夫，一个雄风不减当年的疏狂的东坡。

他的《定风波·莫听穿林打叶声》，有声有景有词，慢品中，我切身体会到东坡那份“回首向来萧瑟处，归去，也无风雨也无晴的”旷达，那份特有的淡定与从容。是那样豪放着的东坡，引领着北宋豪放词的新潮流，而他那样不为世俗所拘的刚硬的风骨下，却暗含着那样婉约着的深情，东坡是一个多愁、感性、多面的词人。他豪放，他婉约，品读他的《江城子·十年生死两茫茫》，却又会体味到那铁骨铮铮的男儿内心深处对亡妻那一段抹不去的一往情深。

东坡的每一阙词，再次品读都让我爱不释手，而这一阙《水调歌头·明月几时有》是写在中秋的词，不是抒写爱情亦不是影射政治，却是一首抒写兄弟情深的词。

林语堂说，东坡总是能为子由写出最精彩的诗句，那么这一阙词是东坡只为子由而写。借用东坡《狱中二首》的话，这首词只为吾弟子由而写，所谓“与君世世为兄弟，更结来生未了因”。苏辙（1039～1112 年），字子由，也是唐宋八大家之一。

中秋节本是万家团圆，亲朋好友本该欢聚一堂，举杯痛饮，可是现在却千里相隔，不得相见。佳节思亲，是人之常情，特别是性情中人，更是感性又多情。

东坡和子由是两颗闪烁在北宋文坛的星，他们不仅星光万丈，文采风流，更是手足情深。他们的父亲苏洵 27 岁才开始做学问，所以，东坡和子由兄弟两个在幼年时便同父亲一起读书。兄弟两个秉性不同，子由自幼性情沉稳，性格含蓄沉性内敛，而东坡敏捷好动，性情热烈奔放，性格外露，不拘小节。幼年时的东坡和子由就情意深厚，兄弟情深。上学的路上或外出玩耍，如果会跋山涉水，东坡总是为子由开路，时常是这样的场景：东坡撩长衫先行，子由随后跟上。

一起求学苦读的岁月，东坡和子由读到了唐代诗人韦应物的诗句，“宁知风雪夜，复此对床眠”，东坡读后感触颇深，子由也被诗中温暖的氛围感动着，兄弟二人约定，今生今世无论贫穷与富贵，即便舍弃高官厚禄，也要兄弟终生坐陪。

自嘉佑二年（1057 年），22 岁的东坡和子由一同登科进士及第，得到欧阳修的赏识，从此步入仕途。在北宋王安石变法中，东坡和子由皆是旧党一派，他们的政见相同，在变法中，共同进退。

性格决定命运，东坡为人不拘小节，锋芒又外露，而子由，在为人处世方面比身为兄长的东坡要玲珑许多，他时常给东坡一些为官或处世的忠告，子由的官途相对东坡来说较为一帆风顺了些。或是，由于东坡的关系，子由的一生无论起起落落都与东坡息息相关，他和东坡携手并肩，一起沐浴着人生的风风雨雨。自幼一起成长起来的亲兄弟，今生有缘一起登科一起于官场沉浮，一起为了理想不停地追求。

嘉佑六年（1061 年），东坡和子由一起离开巴蜀来到京城，参加制举“贤良方正，能直言极谏”科考试，中三等，授官凤翔签判，子由中四等。正值青春好年华，这一年东坡 26 岁，他要去赴任，这是东坡和子由的第一次分别，子由不舍亲自送兄长于河南郑州。子由送哥嫂，送了一程又一程，走了几百里地，兄弟二人依依话别，东坡远望着山坡下子由的帽子在山间忽隐忽现，心中平添了无尽的忧伤。

幼年彼此情投意合的手足深情，慰藉着长大后天南海北流落的苏氏兄弟。那夜雨对床的约定，都铭刻在他们的心里，无论他们身处一地或是人居异地，东坡和子由都会给对方寄诗表达自己心中的思念。“夜雨”这个词也频频地出现在东坡的诗词里。

东坡因反对王安石变法，自请外调，一直辗转各地做官，1074 年，东坡在杭州三年任期期满。1076 年，宋神宗熙宁九年，东坡请调山东密州，改任密州知府，他曾经上书北宋当局要求去离子由近一些的地方任职，无奈一直不能如愿。

彼时，子由正任职山东济南。济南和密州（今山东诸城），距离并不算遥远，但时至此时，由于种种原因，他们依然不得相见。东坡人在地方，却心系京都，于个人前途来讲，东坡无时无刻不在关注着政局的变化，东坡不再年轻，已经人到中年。政治失意，可东坡依然心怀理想，心中未免有些消极避世，可是骨子里又积极向上，东坡是一个矛盾的综合体，宛如他的词一样，他可以豪迈亦可婉约，他可狂放不羁，亦可款语柔情。他外表粗犷，内心细腻浪漫。时光的沙漏滴答声声，彼时，已经到了宋神宗熙宁九年（1076 年），东坡 41 岁，他和子由已经别后 7 年没有见面了。

人居异地他乡，又适逢中秋，离家千里遥远，东坡思念亲人，也更加思念子由。佳节思亲，乃人之常情，况且东坡又是那样的感性。八月十五夜，明月高悬，词人心中如潮的情感便弥散在那摇荡的月色里。

东坡手持酒杯，在月影里徘徊。他喝多了，也喝醉了。他心底那纠结着的忧郁与不得志，那盘根错节的思念之情，都交织在一起，氤氲在浓深的烈酒里。一杯一杯复一杯，酒入愁肠，思念便如烟一样在心底袅袅盘旋。不知道天上人间可否一样的日子。那浩淼的广寒宫里，是否也和这凡俗的人世间一样也有花开花落，也有月缺月圆，也有别恨重重。

明月，一直在天空中慢慢地游走着，它和我一样也在徘徊吗？月影移墙，又漂移到楼阁，低低地徘徊在我的窗前，难道它和我一样，也是长夜难眠吗？它可否懂得，这凡俗人间的万千的思念。

月圆，人难圆。这个世界变数太多，人的一生究竟得经历多少离离合合才能团聚呢？今夜我与子由相隔遥远，屈指算来，不得见子由已经有数不清的日日夜夜了。能想象得到东坡长衫飘飘起舞弄清影的模样，他开篇就交代了整首词的写作过程：丙辰中秋，欢饮达旦，大醉，作此篇，兼怀子由。

月挂中天，我一个人醉酒当歌，徘徊在这皎皎月色里，我手执美酒向苍天发问，这千年的明月究竟是几时开始普照人间的，天上的仙宫不知道今年是哪一年。人活一世，都不容易，离离合合，几乎充斥着我们长长的一生。相逢的喜悦，离别的悲怆，于凡世的我们是再平常不过的事了。天边明月，亘古就有，阴晴圆缺，花好月圆人又圆，这些事自古以来就难以周全。

此时，我沐浴在一抹月华里，想子由也是，他应和我一样共望着天边一轮明月。我唯有托付给这天边的明月，给子由捎去我心中的无限思念。相隔千里万里，但愿子由能健康长寿，只要我们的心是相通的，同顶一轮月华，就如同我们能在一起一样。

东坡，像孩子一样率真的东坡，竟然醉后向青天发问，质问明月的由来。一句“明月几时有，把酒问青天”，横空出世，那浓浓的怀人思绪便丝丝缕缕纠结着，在无垠的夜空中弥散开来。

中间的一句，“我欲乘风归去，又恐琼楼玉宇……何似在人间。”内心火一样激情又浪漫的东坡，总会记得给自己的天空留一抹晴空。

东坡一生，官路坎坷，历尽劫难，无论他身处怎样的险境，无论他曾是几度忧郁或落魄，他都能活得潇洒与从容，几分坦然、几分淡定伴随了他一生的心路历程。无论是官场的起起落落还是生活的苦难，他都以“不以物喜，不以己悲”的心态活出他特有的本真与精彩。

不仅是东坡个人的原因，还有很多无法言说的理由，让东坡和子由无法相见。虽然他天南地北流落，一生颠沛流离，工作频繁地调动，从他内心深处，他一直记得那“夜雨对床”的约定，他总想离子由更近一些，无奈每每事与愿违，却又一次次离子由更远。直至东坡离世，他心愿未了，没有和子由赴当年之约，这终是他的遗憾。

所以这一首饱含着东坡浓浓思念之情的妙词，却又透着悲壮的缺憾之美，《苕溪渔隐从话》中评说，“中秋词，自东坡《水调歌头》一出，余词尽废。”这是中秋怀人词中最好的一首，这一阙词当之无愧。

词的尾句，“人有悲欢离合，月有阴晴圆缺，此事古难全。但愿人长久，千里共婵娟”，这是整首词的画龙点睛之笔，亦是整首词的总结，是东坡历尽人世磨难，参透了这苦乐人生之后的无限感慨。人世的离愁别恨，并不只是自己拥有，他又何必独自悲伤呢？这就是东坡，能领悟繁华人生落幕后的宁静。

王安石变法失败后，北宋王朝又在元丰年间从事改制，就在这变法与改制的转折关头，元丰二年（1079 年），一场文字狱被掀起。

东坡是王安石变法中的反对者，他是当时北宋文坛的领袖，他时常在自己的诗文中表达对新法的不满，东坡的诗词传播影响甚广。在宋神宗的默许下，当时的御史中丞李定等三人摘取了东坡《湖州谢上表》中的语句和东坡以前的诗句，以诽谤新政的罪名，从湖州任上带走了东坡，押解至京城，投入御史台的监狱，被关了四个月。这就是北宋年间著名的“乌台诗案”。

由于李定等人曲解了东坡的诗词，并对他进行了严刑拷打，并通宵辱骂，东坡的身心都受到了难以承受的折磨，处境恶劣，境遇凄惨。

外面，已有人把东坡被捕的消息通知了子由，兄长的遭遇牵着子由的心，他为兄长四处奔走，求人疏通，一门心思想把东坡解救出来。走投无路的子由甚至给北宋当局上书说，自己愿意削去官职，替兄长赎罪。子由写下了《为兄轼下狱上书》，“臣欲乞纳在身官，以赎兄轼，非敢望末减其罪，但得免下狱死为幸。……臣愿与兄轼，洗心改过，粉骨报效，惟陛下所使，死而后已。臣不胜孤危迫切，无所告诉，归诚陛下，惟宽其狂妄，特许所乞，臣无任祈天请命，激切陨越之至。”子由这封写给宋神宗的文，情辞恳切，字字句句溢满了对东坡的兄弟情深，不仅身为帝王的宋神宗深受感动，当时北宋当局上上下下的官员也都被子由对东坡的罕见兄弟情感动着。

监狱里，东坡，忍受着皮肉之苦也忍受着心灵的熬煎，他怕这场大劫会牵连到更多的人，朋友，子由和家人。他认为自己不可能活着出去了，便给子由写了首诗也算交代后事。这就是著名的《狱中寄子由》。

其一：

圣主如天万物春，小臣愚暗自亡身。
百年未满先偿债，十口无归更累人。
是处青山可埋骨，他年夜雨独伤神。
与君世世为兄弟，更结来生未了因。

东坡说，子由，这一次惨遭横祸，皆因自己还是太年轻，锋芒太露所致，也怨不得别人。如若这一生就以这种方式终结，我不怨天不怨地，一切一切皆因我自己招致。

可是，我还有很多的身后事没有完成，却不得不半途先行一步了。家里的老老小小，我只好全部托付给你。即使不能把我安葬在故土，我也没有什么可遗憾的。只是，以后的岁月无法和兄弟践约，当日那夜雨对床的约定转眼成空，想想以后没有兄长作陪的雨夜，你将会一个人静夜独坐，聆听人世风雨，我的心禁不住一阵阵难过。今生今世和你成为手足，是我的造化和幸福，倘若有来生，我愿意生生世世和你结为兄弟。

正在为东坡的事四处奔走的子由看到这首诗后，忍不住痛哭失声。

其二：

柏台霜气夜凄凄，风动琅珰月向低。
梦绕云山心似鹿，魂飞汤火命如鸡。
眼中犀角真吾子，身后牛衣愧老妻。
百岁神游定何处，桐乡知葬浙江西。

东坡这两首绝命诗由狱卒交于宋神宗后，宋神宗犹豫不决。且不说宋太祖早有誓约大宋除叛逆谋反罪外，一律不杀大臣。根据李定他们送来的东坡交代的材料，整个“乌台诗案”牵扯的名臣名士多达29人，其中包括像司马光、范镇、张方平、苏辙、黄庭坚等这样的名臣。东坡的这两首绝命诗，让宋神宗极为震撼，心灵有所触动之余，又不得不为东坡的绝世才华所折服。况且宋神宗本人也极其欣赏和喜欢东坡，他也没有一定要置东坡于死地的意思，他本意只是挫下东坡的锐气罢了。当朝很多名臣包括一生和东坡政见不和的王安石都为东坡求情，宋神宗也就顺坡下驴。

宋代对士大夫极为优渥，不诛名士。“乌台诗案”的结局，历史终是厚爱东坡这位集词人诗人画家书法家于一身的天才，终于让这朵最绚丽的奇葩在中国文学史上花开满园，宋神宗对他开恩，东坡虽受折磨终得自由之身。

东坡从身陷囫囵，到获得自由身，终得以从轻发落，被贬为黄州团练副使。因此案受牵连的东坡的十八个朋友均已获罚，受牵连最重的有三个，除驸马王诜，被削一切官爵，御史王巩被发配西北，第三个便是子由，他上奏朝廷愿为兄长赎罪，属认罪态度好，本人并没有受到多少诽谤，可是他与东坡是同胞兄弟，仍被降职，调往高安，监筠州盐酒税务。

元佑年间，时为尚书右丞任上的东坡，遭人排挤，上书乞求外任，子由和兄长相伴相随接连上书四札也请求外任。子由性情内敛，比东坡更深谙世故，他的官途相对东坡而言，稍稍平坦，但他因东坡的缘故，也一路跟着吃苦获罪。此后，东坡的漫漫人生历程中每一次遭贬，作为亲兄弟的子由首当其冲要被牵连。可是子由从来都没有一句怨言，志同道合又血脉相连的兄弟自然是有福同享，有难同当。

绍圣三年（1096 年），61 岁的东坡被贬惠州，子由也因东坡再次获罪被贬雷州，宋时的惠州和雷州地处国之边陲，是人烟稀少的荒蛮之地。匆匆踏上谪贬之旅，东坡和子由，于南迁的路上，只是匆匆见了一面，便又别离。以后，已是垂暮之年的东坡再次被贬儋州，都没有来得及和子由告别，抵达贬所之后，东坡写信给子由，惠州和雷州隔着茫茫大海，到底可以隔海相望。

宋元符三年（1100 年），宋徽宗即位，大赦天下，东坡奉旨还朝。第二年，东坡逝世于常州。“是处青山可埋骨，他年夜雨独伤神。”当年的绝命词一语成谶，东坡没有逝于故土，而是病死于常州任上，安葬于汝州。“与君世世为兄弟，更结来生未了因。”东坡这自幼年就和子由许下的心愿至死也没有如愿以偿，东坡这一朵中国文学史上最绚丽的奇葩凋谢了。一如在这首《水调歌头》里的句子：“人有悲欢离合，月有阴晴圆缺，此事古难全。”

东坡，历尽劫难，走了。到底，他没有能和子由见最后一面。子由，亲自为兄长写下了长达七千字的墓志铭。子由说，“扶我则兄，诲我则师。”他为东坡料理后事，以后的岁月，东坡和子由两家老老少少近百余口人就聚居生活在一起，这一切全由子由负担。

读东坡的词，品味他们手足情深的深厚情谊。于东坡，子由是弟弟，是朋友，亦是知己；于子由，东坡是兄长，是老师。东坡在给朋友李常的诗中曾说，“嗟余寡兄弟，四海一子由。”“吾少知子由，天资和且清，岂是吾兄弟，更是贤友生。”东坡常说自己不如子由。而子由却每每说兄长的文章天下第一，自己远远不如。

东坡一生辗转天涯，每到贬所必给子由写信寄诗表达心中的思念之情，他们一生唱和酬答的诗词篇章一度胜过了白乐天与元微之。东坡病逝去，子由尽心尽力照顾着两家人，只是他再也不敢翻阅东坡的文章，因为他会控制不住地泪落如雨。

其实东坡一生并不孤独，他与子由的这份手足深情，从年轻直至老去，一直都在温暖着他生命的根须。品读东坡的词，品读一个最美的兄弟情深的故事。他们手足情深，志同道合，他们肩并肩一起走上仕途，他们一路互相搀扶沐浴人生的风风雨雨，子由对东坡的情谊在东坡的一生静默开花。

宋词在数不清的离愁别恨里纠缠不休，东坡也不能例外，他豪迈奔放到底还是善感多情，这一阙词让我们再一次品味东坡那份细腻飘逸与空灵。杯中酒映照着离人的影子。

我仿佛看到少年东坡和子由正一起携手游巴蜀，一起读书求学，我仿佛看到少年东坡和子由，一起离开家乡，远至京城一起同科及第的情景，他们还是那样的年轻，那样的意气风发。一遍一遍品读东坡的词，一遍一遍在月夜感受宋词艺术的绝代芳华。

愿天下的离人，擦干离别的泪水，把心中的爱深埋在心里，在长夜难眠、浩月当空的时候，悄然翻阅，任那份绵绵的思念，温暖着我们长长久久的人生。这一阙绮丽清灵的婉约词如初春细雨，在一个个月圆的夜滋润着我们干涸的心灵。

慢品着东坡的千古名句“但愿人长久，千里共婵娟”一起祝愿，愿天下的离人多一些团聚的喜悦，少一些离别的痛楚。

22. 摸鱼儿·雁丘词

——问世间，情为何物，直教人生死相许

元好问

摸鱼儿

元好问

太和五年乙丑岁，赴试并州，道逢捕雁者云："今旦获一雁，杀之矣。其脱网者悲鸣不能去，竟自投地而死。"予因买得之，葬之汾水之上，垒石为识，号曰"雁丘"。时同行者多为赋诗，予亦有《雁丘词》。旧所作无宫商，今改定之。

问世间，情是何物，直教生死相许？天南地北双飞客，老翅几回寒暑。欢乐趣，离别苦，就中更有痴儿女。君应有语，渺万里层云，千山暮雪，只影向谁去？

横汾路，寂寞当年箫鼓，荒烟依旧平楚。招魂楚些何嗟及，山鬼暗啼风雨。天也妒，未信与，莺儿燕子俱黄土。千秋万古，为留待骚人，狂歌痛饮，来访雁丘处。

中国古典诗词，在唐代和宋代，盛世的繁华和喧嚣，让唐诗和宋词已经凌绝顶。南宋和金，对峙长达百年之久，南宋词坛活跃着陆游、范成大、杨万里、辛弃疾等，他们把宋词推动和发展到一种极致。南宋王朝摧枯拉朽般倒塌，到了金代，宋词之花开始凋零。却偏有元好问的词横空出世。

元代盛行戏曲，却也雨后春笋般涌现出不少诗人、词人，《全金元词》中便收录了元代212位词人3721首词。

元词创作一般分为两个时期，一是出生于元代统一中原前蒙古时期词人的作品，二是元统一中原后至元灭之前词人的作品。

第一时期的词人，一般包括由金入元，南宋入元和蒙古统治下的北方词人三部分。这一时期的词人大多有国破家亡或战乱的经历。南宋入元的词人的词作内容一般是缅怀故国，抒发国破家亡的隐痛。而由金入元的词人词作内容一般描述烽火战乱中颠沛流离的痛苦，世事一场大梦，人生几度新凉的人事变迁。元好问，便是由金入元的词人。

元好问（1190～1257 年）金末元初最有成就的诗人、词人、古文家、历史学家、文坛盟主。金元之际，文学史上承前启后的桥梁，被冠“北文文友”“一代文宗”的称号。元好问著有《元遗山先生全集》，今存诗 1361 首，他的词被称金代一朝之冠。词集《遗山乐府》，今存词 377 首，散曲 9 首。

元好问，字裕之，号遗山。今山西忻州人，北魏鲜卑族拓拔氏，唐代文学家诗人元结的后代。祖上元谊，是北宋宣和年间忻州神武军使，元好问出生七个月便过继给了叔叔元格。元格曾任掖县、陵川县令。元好问自小接受良好的教育，少有才学，七岁能诗，有神童之称，14 岁师从陵川郝天挺学习。金宣宗兴定五年（1211 年），32 岁的元好问进士及第。金哀宗正大元年（1224 年），元好问中博学宏词科，授儒林郎，国史院编修，后历任镇平、南阳、内乡三县县令。正大八年（1231 年），元好问奉诏回京，转员外郎。元亡后，他不再出仕，并自号遗山真隐。

元好问在诗、文、词、曲方面皆有所长，诗作成就颇高，以“丧乱诗”见长，一度反映了金代走向衰败直到灭亡时期他经历的离乱之苦。有人评说他反映现实的深刻程度可和杜甫相媲美。

他的《木兰花慢·游三台》：

拥岧岧双阙，龙虎气，郁峥嵘。想暮雨珠帘，秋香桂树，指顾台城。台城，为谁西望，但哀弦凄断似平生。只道江山如画，争教天地无情。

风云奔走十年兵，惨淡入经营。问对酒当歌，曹侯墓上，何用虚名。青青，故都乔木，怅西陵遗恨几时平？安得参军健笔，为君重赋芜城。

如画江山已被铁蹄踩踏，面对故国的废墟，家国兴亡多少事，是非成败转头空。词人心中伤时悲凉的愁思，人到中年遭遇的离乱之苦，便融入这一阙词里。

这一阙《摸鱼儿·雁丘词》用的是唐教坊曲“摸鱼儿”的词牌。因这一句“问世间，情是何物，直教生死相许”道尽爱情忠贞的爱情名句而被喜欢诗词的人们世代传唱。

这首咏物词写于金章宗泰和五年（1205 年），元好问赴并州参加府试途中，彼时，他是年方十六岁的翩翩少年。

词的开篇是一段小序。元好问在去并州的路上，遇上一个捕雁的人。那捕雁者对元好问讲了一个故事。捕雁者说：“我今早上捕捉到一只雁，另一只逃出罗网。逃出罗网的雁儿看到同伴被杀，在半空中低飞徘徊着悲鸣，最后盘旋而下，撞地而亡。”

雁儿殉情的悲烈，触动了少年元好问的柔肠，有一种无以言说的悲凉和忧伤在心头涌动，他花钱买下了两只死雁，把它们葬在汾水岸边，并用石头为了雁儿垒起一座冢，取名曰：雁丘。站在雁丘边，元好问的心潮久久不能平静，便写下这一首著名的《雁丘词》。

这本是一首咏物词，词人本意只是咏雁儿，却别出心裁地从“问世间”妙笔开篇。一双大雁生也相随，死亦相随，词人由雁之情联想到人世间的感情。词人为一双雁儿殉情的事，心中荡漾着柔柔的感动、深深的震撼，便凌空发出诘问。

这千古名句“问世间，情是何物，直教生死相许？”宛若一缕清泉从山巅奔流而下，直抵人的心灵深处。词人是问雁儿，问自己，问厚土高天，问这漫漫红尘中的痴男怨女，情之所至，一往而深。在漫漫的历史长河中，在时间无垠的旷野里，因为爱，才会把一颗心全部付出，可是相爱不如相知，自古相爱的人偏又难相守。开头便是凄美的意境，词人巧妙以雁拟人，凌空而问，让人一吟心碎。

电视剧《神雕侠侣》中有这样的镜头，杀人不眨眼的女魔头李莫愁，从山坡上滚下，投入烈焰，她站在火中一动不动，小龙女喊她快出来，她用无视来回答。这时，有凄厉的歌声响起：问世间，情为何物，直教人生死相许……烈焰吞没了她，声音戛然而止。那若断若续的主题曲，那如泣如诉的低吟，直抵我的内心深处。她对陆展元的爱，是一朵盛开在绝情谷的花，从陆展元爱上别的人开始，这朵花便凋谢了，她满腔的爱与恨，让她选择了这样一种极端的方式，为了爱她愿意在烈焰中涅槃，一生的执着和痴爱也在大火中化为永恒。

彼时，陆游和唐婉，倾心相爱，婚后夫妻伉俪相得，琴瑟和鸣，奈何陆游的母亲不喜欢，棒打鸳鸯，被休后的唐婉奉父兄之命改嫁。二人多年后相遇在沈园，情丝缕缕千纠万缠，情还在，可物事人非，他已娶妻，她亦改嫁。一杯愁绪，几年离索，山盟虽在，锦书难托。

望着他熟悉的字迹，情真意切地题在墙上的新词，她失声痛哭。爱情到底没有拧过世俗，她有多少不甘和心碎又有多少无奈和挣扎，她只想问，问世间情为何物，直教人生死相许。

想要生死相许，有时都没有了爱的权利。慢品着这一阙词，清晰地感觉到心灵的悸动，它没有给人迟暮之感，却让人在冥冥之中体味到爱的力量。激荡起读者内心的共鸣和狂澜，词人却笔峰一转，自问自答，给出了首句的回答，“生死相许”之前词人加了一个“直教”，无形之中便突出情字的份量。

爱情里的痴男怨女，捧着前世的缘，只为今生今世能相守。可是，有一种爱，叫相爱不能相守。爱情里不只有相情相悦还有世俗的眼光。若不能相守，也可彼此祝福，只要深爱的人能够幸福，也是一种慰藉。

宛若这一对比翼双飞的雁儿，在天愿作比翼鸟，在地愿为连理枝。它们拥有那么相亲相爱相守的日子，留在了生前的岁月里。

彼一句“天南地北双飞客，老翅几回寒暑”，词人横空泼墨，笔锋运势，刹那间把时间和空间纵横贯穿。一对大雁，每一次的振翅高飞都合上爱侣的节拍。它们一起双宿双飞，秋去春来，一起南飞北归的岁月，它们一起飞越千山万水，一起经历人世间的雨雪风霜，一起栉风沐雨。

品读着这一阙直抵人心的千古好词，品味着少年词人的真性情。词的发展从金灭北宋，开始从繁荣至南宋的凋敝，诗词难成气候，难以独树一帜，却偏偏出了一个元好问，却不知这一阙词是如此的贴近人的心灵。词人的年青时代恰逢金代的盛世，少年意气风发，又才高八斗，性情中人，难免会为花开花落月缺月圆所触动，当然他为眼前这一双雁儿之死所打动，亦是在情理之中。

彼时，词人挥笔写下“君应有语，渺万里层云，千山暮雪，只影向谁去。”那是刻在生命中最执着、最真切、最暖人心的岁月啊，如今一生一世一双人，一个香消玉殒，一个自杀殉情。

相依相伴的爱人走了，剩下的那一个如何面对以后的人生？这一双雁儿多么像凡俗中的饮食男女，我们和自己的另一半相识相知相爱相守，生儿育女，过着天底下最寻常的日子，有一份波澜不惊的生活。一起工作一起照料着小儿女，赡养着彼此的父母，兼顾着彼此的亲人。有一天，一个因病或意外离开了，另一个便如失去了同伴的雁儿，形单影只，形影相吊，只是孤单地低飞徘徊，苦苦寻找着爱侣的气息。

像元稹和韦丛最初的生活，也曾经“贫贱夫妻百事哀”，他也曾背叛爱妻，和唐代女诗人薛涛有了婚外情，可是在韦丛死后，他却着了魔一样地思念她，怀念和她一起度过的日子。他为她写下了“曾经沧海难为水，除却巫山不是云”的诗句，午夜梦回时一遍又一遍地去重温有她的记忆。

无论是雁儿，还是至情至性的元稹，痛失生活中的另一伴，余下来的那一个又该如何直面以后的人生和形单影只的生活，生不如死苟且活着，活在有她的空间里，闭上眼感受她活着时的一点一滴的气息。那沧海泪，那巫山云，那孤独的叹息，那潺潺的相思。妩媚了岁月，妖冶了芳华。

而彼时，这只活着的雁儿，却是那样的刚烈，一生一世的至爱已逝，活着了无意义，它选择了为爱情而死，它死得那样壮烈，又是那样凄美。有一种爱叫做阴阳相隔，如若“万水，千山”，世上最遥远的距离不是我爱你，而是我还深深爱着你，而你已经远离。一个死了，另一个孤独地活着，人世间原本还有比殉情更让人心痛的感情，那便是生不如死、行尸走肉地活着。若说这人世间有情，为什么生生地拆散了那么多相爱的人儿，为什么拼尽所有的力气依然无法相伴相守？

下阙，“横汾路，寂寞当年箫鼓，荒烟依旧平楚。招魂楚些何嗟及，山鬼暗啼风雨。”词人便久久地站在这里，仰头恰好看过雁阵飞过。汾水一带，古老的黄河入口，汉武帝曾经来过这里。他的千古绝调《秋风辞》里有句云：“秋风起兮白云飞，草木黄落兮雁南归……萧鼓鸣兮发棹歌，欢乐极兮哀情多。”

依然是当年武帝泛舟汾河时，楼船中歌舞盛宴，君臣泛舟中流的喧嚣热闹的场面，多少极盛多少都随汾河水东流。路还是当年的横汾路，河亦是当年的汾水河，物是人非，只看见天空飞过孤独的雁阵，只听见耳边传来雁儿声声悲鸣。如今黄叶飘零，一派萧条与冷落。

词人便站在这古老的黄河口，他黯然神伤，他只是仰望着天边渐行渐远的雁阵，别是一番滋味在心头。雁儿殉情，平添了多少凄然与凉薄，真的宛若《楚辞·九歌》里“招魂”“山鬼枉自悲啼”那般凄美。

他巧妙用典，情与景融为一体。王国维说，一切景语皆情语。因情而生之语，吐之肺腑，便是情意。他的笔下雁儿殉情，化为爱的永恒。

元好问当之无愧是一个优秀的词人，他把写景写情，巧妙地融合在一起，自如而严丝合缝。固定的意象衬托出雁儿殉情的凄美与壮烈。

词的最后一句“天也妒，未信与，莺儿燕子俱黄土。千秋万古，为留待骚人，狂歌痛饮，来访雁丘处。”

一双痴情的雁儿，用生命诠释了爱的真谛，那份生死相许的大爱与深情连老天都会嫉妒。这一双雁儿不会和别的莺儿燕儿一样化成一抔黄土，因为爱，它们会永恒，它们的名字会流传千古，等待着无数文人骚客，有一天来到“雁丘”处，放歌纵酒，纪念雁儿忠贞不渝的爱情。

爱本是百转千回的事，如若爱，请深爱，如若不能相爱，请把祝福写在心里，如果不能做两株相依相傍的木棉，亦可远远地遥望着心中的爱人，彼此挥手致意。问世间情为何物，爱一个人，愿他能幸福就足矣。

23. 梅花九首（其一）

——雪满山中高士卧，月明林下美人来

高　启

梅花九首（其一）

高　启

琼姿只合在瑶台，谁向江南处处栽？
雪满山中高士卧，月明林下美人来。
寒依疏影萧萧竹，春掩残香漠漠苔。
自去何郎无好咏，东风愁寂几回开。

梅花，凌寒傲然盛开，独占百花之先，幽幽暗香氤氲着清雅无比的香气。古往今来，洁白如雪的梅花代表着孤标傲世的高洁品质和不畏严寒、坚强向上的执着精神。梅花一直是文人墨客的最爱，梅花亦是中国古代文人墨客千年吟咏不绝的主题。

咏梅的名篇，宛若梅花绽放，占尽天下之春。

陆游的《卜算子·咏梅》：驿外断桥边，寂寞开无主。已是黄昏独自愁，更著风和雨。　　无意苦争春，一任群芳妒。零落成泥碾作尘，只有香如故。

王安石的《梅花》：墙角数枝梅，凌寒独自开，遥知不是雪，为有暗香来。

王维的《杂诗·君自故乡来》：君自故乡来，应知故乡事。来日绮窗前，寒梅著花未？

苏东坡写给朝云的《西江月·梅花》有句曰：玉骨那愁瘴雾，冰姿自有仙风……高情已逐晓云空，不与梨花同梦。

这些咏梅的诗词大多是我们耳熟能详的名篇。咏物词一般有两种，一种是诗词本意只是刻画歌咏的对象，二是借歌咏的对象，运用比拟、象征的手法，来抒发和寄托另外的感情。

而这一首明代诗人的咏梅诗以其清丽隽永，在众多诗人描绘的梅花中，独树一帜，更为飘逸超群。他笔下的梅花颇有仙风道骨，卓尔不群之美。

关于高启的了解也仅是因为喜欢这一句诗而去追寻他的人生故事。高启（1336～1373年），字季迪，号槎杆，江苏苏州人，元末明初著名诗人，明初十才子之一，他和杨基、张羽、徐贲被誉为“吴中四杰”，与刘基、宋濂并称明初诗文三大家。他常与张羽、徐贲、宋克在一起切磋诗文，号称“北郭十友”。他出生在富贵之家却父母双亡，但他少年机警，过目不忘，精通历史，尤好诗歌。他的诗歌成就推动了明代诗歌的发展，被后人尊为“明初诗人之冠”，清代诗人赵翼推崇他为“明代开国诗人第一”。

元末，天下被瓜分，各地称王者此起彼伏，天下大乱，高启便被乱世枭雄张士诚等邀为座上宾，为府上幕僚。当时，高启年仅 16 岁。但高启性格孤高耿介，思想受儒家思想影响颇深，他不喜欢官场的尔虞我诈，看淡功名。

明洪武元年（1368 年），高启入明，授翰林院编修，他的绝世才华得到朱元璋的赏识。1370 年，朱元璋准备委任高启为户部右侍郎，但高启在宫廷这二三年，深知伴君如伴虎，加上高启也有中国知识分子身上普遍的清高和孤傲，他执意不受，一口拒绝，落了个和李白一样的下场，赐金放还。其实，高启此番所作，可能是伤到了朱元璋的自尊，我堂堂大天朝的皇帝让你做个官儿，是看得起你，你却推辞不就，这分明就是不把我这堂堂九五之尊的帝王放到眼里。

自此，高启便埋下了厄运的根源。生性多疑的朱元璋怀疑高启讽刺自己，缘于高启做了一首诗名曰《题宫女图》：

女奴扶醉踏苍苔，明月西园侍宴回。

小犬隔花空吠影，夜深宫禁有谁来？

其实这是一首再寻常不过的小诗，描述了元顺帝时一个宫女侍宴浅醉而归的宫廷生活片段，并没有讽刺明朝当下时政或是影射时政，可是诗的最后两句，“小犬隔花空吠影，夜深宫禁有谁来”。这两句诗的意思很浅显易懂，意思是说，皇宫里的小狗叫个不停，不知道是谁半夜闯进了禁宫里。可是偏偏就触到了朱元璋敏感的神经，他对号入座，认为高启是借古讽今在挖苦自己，从此便记恨在心。

文人舞文弄墨，不可以不小心，明朝皇帝大兴文字狱，来打击异己，巩固政权。特别是在朱元璋和朱棣两朝，因文字获罪，冤案迭起，残酷到超越常情。

御史张尚礼作诗：“梦中正得君王宠，却被黄鹂叫一声!”被捕入狱赐死。山东兖州知府卢熊把“兖”错写成“衮”，被朱元璋视为大不敬。中书詹希原给太学写匾额，“门”字少最后一勾，被视为阻碍纳贤统统斩立决。“明初四杰”的第三杰杨基被罚服劳役，死于工所；张羽被沉江尸骨无存；徐贲因“犒师不周”下狱被迫害致死。

其实，文字狱大多都是捕风捉影，纯粹没事找茬儿，抠字眼儿，比如写“清风不识字，何故乱翻书”的清代读书人便因此句招致杀身之祸。

高启便因文字获罪，不过这才是个开端。高启被放还后，与岳父一家隐居于吴淞江畔的青丘，自号青丘子。他每日不过教书度日，再也与朝廷没有瓜葛。可是当年他无视朱元璋的皇恩浩荡拒不做官，却让朱元璋一直记在心里。

洪武六年（1373 年），当年张士诚的政权所在地就在苏州，张士诚被灭后苏州便成为大明朝的名城，当时的苏州知府叫魏观。魏观这个人爱排场，在任上便想盖一座办公大楼，于是便请人看风水，选吉日，大楼要上梁了，魏观便请来高启为他新建的办公大楼写篇上梁文。

高启洋洋洒洒写了一篇《郡治上梁文》。其实这亦是一篇很普通的文字，却被朱元璋抓住了把柄，原因是这座建筑盖错了地方，被当时的御史张度诬陷为“兴灭王之基，开败国之河。”魏观这办公大楼盖在了当年张士诚的旧址上。且高启的文章中有“龙盘虎踞”的字眼儿，旧恨新罪，让朱元璋一下就火了。魏观被腰斩，高启亦被腰斩。

且行刑时，朱元璋不远万里亲自去苏州监斩，并要求刽子手把这个柔弱的文人一斩八段，当时高启并没立刻死去，他硬撑着流血的半截身子蘸着自己的鲜血，一连写下三个鲜红又刺眼的“惨”字。罹难那年，高启 39 岁。

高启作官仅三年，其余时间都隐于乡间。他的诗歌多以描写农民劳动生活为题材，写实者居多。《牧牛词》《捕鱼词》《养蚕词》《伐木词》《打麦词》《采茶词》等。还有的诗歌写

《练圻老人农隐》《过奉口战场》《闻长枪兵至出越城夜投龛山》《大水》等描写天灾战乱下百姓苦难的。

另外还有个人述志感怀、游山玩景、酬答友人的诗作。偶尔也和明朝统治者打擦边球，微露讽刺。他《明妃词》云："妾语还凭归使传，妾身没虏不须怜。愿君莫杀毛延寿，留画商岩梦里贤。"他的《题笔峰》诗："云来浓似墨，雁去还成字。千载只书空，山灵怨何事?"

高启是个诗歌天才。他擅长七言歌行。他的诗题材不一样，风格多变，是个超级模仿秀，但也并非单纯的模仿，他"兼师众长，随事模拟，待其时至心融，浑然自成，始可以名大方而免夫偏执之弊"。纪晓岚在《四库全书总目提要》中赞誉高启："天才高逸，实据明一代诗人之上，其于诗，拟汉魏似汉魏，拟六朝似六朝，拟唐似唐，拟宋似宋，凡古人之所长无不兼之。"

但他盛年罹难，还未自成一家。他的诗歌数量较多，现存2000余首，有《高太史大全集》《凫藻集》等。

关于高启这句"雪满山中高士卧，月明林下美人来"有一则小故事说，1961年毛泽东写下《卜算子・咏梅》:

风雨送春归，飞雪迎春到。已是悬崖百丈冰，犹

有花枝俏。　　俏也不争春，只把春来报。待到山花烂漫时，她在丛中笑。

当时他恰好读到“雪满山中高士卧，月明林下美人来”这一句，不知道此诗的作者和出处，让秘书和身边的人帮忙查找，当时没有网络，乃至查到这首诗的作者还费了一番功夫。毛泽东特别喜欢这句颇有仙风的诗句并在自己的咏梅词边，手书加注道：高启，字季迪，明朝最伟大的诗人。

正是高启这首咏梅诗给了毛泽东灵感和启迪，大雪飘飞里，高启的梅傲然于枝头，向天地展露着它的洁白无暇，它孤傲高洁，澹泊自爱，它比陆游那枝驿外断桥边绽开的野梅花，多了些孤高，少了些孤芳自赏和自怨自艾。

彼时中国自处于自然灾害时间，毛泽东便欣赏和喜欢高启的梅花的“梅之精神”。一如高启本人，不畏权贵，不为五斗米折腰，甚至对皇帝恩赐的高官厚禄都能无视。我想毛泽东一定是深受高启咏梅诗蕴含的思想的影响，才创作出这一首别俱一格的《卜算子·咏梅》。“已是悬崖百丈冰，犹有花枝俏”，它象征的是一种精气神，一种不畏三九严寒，不惧千里冰霜却卓然开放的不屈精神。

这种精神恰巧就合上的高启咏梅诗里的“梅之精神”。这种精神无论在古代还是在现世，成为激励人们昂扬斗志和奔发向上的正能量。一代伟人笔下的梅花和高启笔下的梅，各有千秋，毛泽东的咏梅诗，一扫旧文人咏梅诗的颓唐、哀怨之气，梅花朵朵绽放着声声不息的奋进的力量。而高启的诗在封建文人的咏梅诗中却独领风骚。

正如高启的梅花诗。首句“琼姿只合在瑶台，谁向江南处处栽。”他的梅本该种植在仙境瑶台，因为他的梅花瑰丽的摇曳风姿，堪与瑶台上的琼花媲美，可是它却不知道被哪位仙人植于山林。而梅花之高洁，世俗尘埃本不是它赖以生存的地方，它这宛若山间高士，惟有隐于有终年积雪的深山。

“雪满山中高士卧，月明林下美人来”是此诗的诗魂，即便不太精于诗词的人见到这一妙句，也能体味它的妙处，也能触摸和感悟到梅花这样的山中高士出尘般的高洁。一个“卧”字一个“来”字，动静结合，文辞脱口而去，毫无矫揉造作的感觉。越发突出了诗句高格的境界。此处诗人连用两个典故。

诗里的“雪满山中高士卧”讲的是东汉名士袁安拥雪独卧的典故。袁安还没入仕做官的时候，客居河南洛阳，那年冬天洛阳大雪，洛阳令冒雪巡查民情，便前去拜访袁安。只见袁安的院里积雪没膝，人都进不去，叫随从临时清除积雪，扫出一条路来。进屋看到袁安正蜷缩在床上瑟瑟发抖。洛阳令问袁安为什么不出去求助于邻居或亲戚。袁安答：大雪天大家都没有好日子过，何故去打扰别人呢？洛阳令佩服袁安的贤德，举他为孝廉。袁安的行为，也有人认为是死板，死要面子活受罪。宁可困死于家中，也不出门去乞讨或叨扰别人。虽然清贫却有操守，值得后人推崇。面对大灾大难，把生的机会留给别人，这倒不失为一种高尚之为。

后一个典故讲的是隋朝赵师雄梅下开樽的典故。隋朝开皇年间，赵师雄遭贬过罗浮山。宿于一家酒店时，梦见一位淡妆素服的美女，他便去邀美女对饮，然后又有一绿衣小童进来，三个人一起谈笑歌舞，赵师雄心情大悦，复又饮酒大醉。醒来时，月亮已隐去，美人已无踪，枝头小鸟鸣叫。赵师雄却躺在一株梅花树下。原来这梦中的美人便是梅树之精，小鸟便是那绿衣小童。赵师雄倍感遗憾和惆怅。

其实我一直害怕品读运用典故较多的词，不知道经过我的转换，这典故中的故事，能否准确地演绎开来，给读者以最初本真的感觉。

这首诗，你即使不知道典故，也能一气呵成顺畅而读，这便是高启用典之神奇。王国维主张“不隔”，强调用典在精不在多。用典之时，将典故自然运用到自己的诗词当中，不仅没有“隔”之感，还会为诗词的意境增色。使文字和典故融为一体。高启此处的两句诗接连用典，便有巧夺天工之妙，却无“隔”之感。

彼一句“寒依疏影萧萧竹，春掩残香漠漠台”。山间的青青翠竹也愿意与高士作伴，把自己的一抹翠绿和清寒奉献给寒梅。梅影借清寒，更显得仪态万方。山间的青苔也懂得怜惜梅影，当梅花凋谢，零落成泥辗作尘，青苔愿意用自己的身体来掩盖梅花。

诗的最末一句“自去何郎无好咏，东风愁寂几回开。”诗人化用“何逊咏早梅”的典故，引入自己诗的意境，何逊走了，再也没有人赏识怜惜自己，只任东风吹过，寂寞地在山间开放。此一句却有了淡淡的“黄金万两容易得，知音一个也难求”的慨叹和惆怅。

梅的高洁与自傲何尝又不是高启自身的写照呢。高启拥有梅的高洁品质和傲然不群，亦有梅的不畏严寒、不畏权贵、不畏世俗的高风亮节。

其实，入仕最初的高启也曾为大明皇帝歌功颂德，彼时的他还年轻，怀揣着梦想，想为自己的国家做一番事业。

记得他登上雨花台，挥笔而下写下了著名的《登金陵雨花台望大江》：

大江来从万山中，山势尽与江流东。
钟山如龙独西上，欲破巨浪乘长风。
江山相雄不相让，形胜争夸天下壮。
秦皇空此瘗黄金，佳气葱葱至今王。
我怀郁塞何由开，酒酣走上城南台。
坐觉苍茫万古意，远自荒烟落日之中来。
石头城下涛声怒，武骑千群谁敢渡？
黄旗入洛竟何祥，铁锁横江未为固。
前三国，后六朝，草生宫阙何萧萧！
英雄乘时务割据，几度战血流寒潮。
我生幸逢圣人起南国，祸乱初平事休息。
从今四海永为家，不用长江限南北。

这一首气势磅礴、豪情凛然的怀古诗。它的大气它的雄豪奔放堪与李白的诗歌相媲美。诗人缅古思今，也为朱元璋统一天下的丰功伟业歌颂和赞扬。即使是这样，他终也没有逃掉被朱元璋腰斩的厄运。

39 岁的他惨遭酷刑而亡，而他不屈的精神却像一剪寒梅盛开在大明的寒冬，化作山中高士晶莹雪。

彼时，高启的一剪寒梅在最冷枝头绽放，任凭北风萧萧，雪花飘飘，依然傲立雪中，争相开放。这首诗，品读到最后，高启的悲剧人生让人唏嘘慨叹，但是他的咏梅诗里的“梅之精神”却激烈着后世的我们为了理想执着向上。

24. 悲歌赠吴季子

——人生千里与万里，黯然销魂别而已

吴伟业

悲歌赠吴季子

吴伟业

人生千里与万里，黯然销魂别而已。君独何为至于此？山非山兮水非水，生非生兮死非死。十三学经并学史，生在江南长纨绮。词赋翩翩众莫比，白璧青蝇见排诋。一朝束缚去，上书难自理，绝塞千里断行李。送吏泪不止，流人复何倚？彼尚愁不归，我行定已矣。八月龙沙雪花起，橐驼垂腰马没耳。白骨皑皑经战垒，黑河无船渡者几？前忧猛虎后苍兕，土穴偷生若蝼蚁。大鱼如山不见尾，张鬐为风沫为雨。日月倒行入海底，白昼相逢半人鬼。噫嘻乎，悲哉！生男聪明慎莫喜，仓颉夜哭良有以。受患只从读书始，君不见，吴季子！

自古多情伤别离，离别，每每都是踩碎了离人杂乱无章的步点，碾碎了送行人零乱的心。站在分别的渡口，遥遥挥手，垂柳残月，一江春水送行舟。

此去山高水长，此去天南漠北，也许三年五年，也许十年八年，也许这一生一世一辈子再也无法相见。在古代，一抬腿便是天涯海角，彼此体己知交的朋友，在分别的渡口，泪流满面，今日一别，不知道哪年哪月才能再相见，或折柳或写诗赠词，彼此间留作纪念。

第一眼看到这首诗的题目，才疏学浅的我恍然明白，原来对于古典诗词的了解如此片面，有时是知其一不知其二。这缘于我对明末清初的词人、诗人并不熟稔的缘故。

多年前只是很熟悉这一句“人生千里与万里，黯然销魂别而已”，只道是写别离的诗句，至于作者、出处一无所知。

近日，读纳兰容若的词，知道了顾贞观，所以便知晓了吴季子。只道是这几个活跃在清初词坛的耀眼的新星，彼此间谱写了一曲男儿间相知相惜的友谊神话。也因此，第一次了解了这一首诗。

这离歌一阙，作者不是纳兰容若，也非顾贞观，而是明末清初另一位诗人吴伟业所作。

吴伟业（1609～1672 年），明末清初著名诗人，画家。字骏公，号梅村，世居江苏昆山，崇祯四年（1631 年）进士，与钱谦益、龚鼎孳并称“江左三大家”，有“清代诗坛第一家”之称。他是娄东诗派的开创者，并继承了“初唐四杰”七言乐府、七律和元白长庆体的基础上，创新而成长篇七言歌行“梅村体”。钱谦益在为《梅村诗集》作序时，极口赞誉吴伟业的诗才，“以锦绣为肝肠，以珠玉为咳唾”。

吴伟业的《过吴江有感》《扬州四首》《过淮阴有感》《杂感》《读史杂感》都是佳作名篇。《扬州四首》是七律中的名篇。他的七言歌行乐府诗《圆圆曲》，在清诗中享有最高声誉。有关于宫廷后妃、公主身世遭遇的诗《永和宫词》《洛阳行》《萧史青门曲》，有描写抗清将领的《临江参军行》，有讽刺洪承畴降清的诗作《松山哀》，他的诗有很多寄寓身世兴亡之感，故有“诗史”之称。

吴伟业词作不多，却流传甚广。《满江红·蒜山怀古》《贺新郎·有感》词风清丽哀婉，清秀隽丽，凄婉动人。而彼一曲《悲歌赠吴季子》就是吴梅村写给吴季子的送别诗。

吴季子，原名吴兆骞，清初诗人，“江左三凤”之一，字汉槎，季子是他的号。明崇祯四年（1631 年）出生在江苏吴江著名的书香门第，颖异不凡，少有才名，十岁写《京都赋》声震文坛，名满江南。吴家兄弟四人皆有才名，以吴季子最为出众，写得一手锦绣文章，才情最美，内敛光华。可偏偏吴季子他性情倨傲狂放，不拘小节。清代三大家之一汪婉来江南，吴季子对他说“江东无我，卿当独步”，一派天骄的疏狂之态。

崇祯十七年（1644 年），清兵入关，吴兆骞回到南方，与江南士大夫结社互唱，14 岁的吴兆骞与吴伟业相识，并得到吴伟业的赏识，并跟随他一起宦游。吴伟业比吴兆骞年长 22 岁，二人却因为文学结为忘年交。

文人结社在明清时期颇为盛行，彼时的吴江地区，依然继承了明朝时的好传统，文人结社之风蔓延了吴江岸，成为吴江地区文化的特色。彼时文人结社并非参与政治活动，也并非我们知道的东林、复社这类明代晚期的政治集团。而是一批江南士子为了参加科举考试成立的文学社团。

顺治六年（1649 年），吴郡成立了“慎交”“同声”两个社团组织，分别在吴江和昆山两地。二社各立门户却水火不容。慎交社从北方移至江南，吴兆骞兄弟成为慎交社的主盟，文学社办得红红火火。顾贞观也因加入慎交社与吴兆骞结为生死之交的知己。

顺治十年（1653 年），钱谦益授意，邀请吴梅村出面为“慎交”“同声”二社的士子讲和。在虎丘广场上，闻讯而来的文人墨客举行了大规模的文学集会，场面宏大盛况空前，吴兆骞和吴梅村即席唱和，掀起了此次社团活动的新高潮，四座倾动，吴兆骞因此名声大震。二人也深深为彼此间的才华而惺惺相惜，大有相见恨晚之意。

吴伟业谦逊地感叹，兆骞之才，他自愧不如，并高度赞誉吴兆骞的诗才，当着众宾客赞誉，江左三凤凰非华亭彭师度、宜兴陈维崧、松陵吴兆骞莫属。

此次文学集会云集了江南地区甚至天南地北的文人骚客，盛况空前，影响力越来越大。良好的家世，卓然的才华，又在这样盛大的集会上崭露头角，一时间江南俊彦都以结识吴兆骞为荣。他在慎交社里出尽了风头，并一跃成为当时文坛的风云人物。都是文学青年，彼此间都有共同的理想，也都为彼此的才华所倾倒，吴兆骞和吴梅村之间便拉开了相知的序幕。

树大招风，楼高易折，上天把最美好的东西都赐予了吴兆骞，同时也给他带来了厄运。彼时，时光兜兜转转就到了顺治十四年（1657 年）八月，爆发了清初震惊朝野、波及范围最广的著名的“丁酉科场案”。

这指的是清朝顺治十四年（1657 年），岁次丁酉，先后发生了三次科场舞弊案，分别为丁酉顺天乡试案、丁酉江南乡试案、丁酉河南乡试案。这是从杨坚时代有科考以来，中国历史上最血腥的作弊处罚事件。

先是顺天乡试案发，顺治帝大怒将七个公开受贿的主考官全部斩首，流放他们的父母家人到今辽宁开原县，受牵连的 108 人全部流放宁古塔，24 个举人被判处绞刑。

此伏彼起，顺天案发不久，江南乡试舞弊案爆发，正副主考及江南十八名同考官全部被处以死刑。负责审理查办此案的刑部尚书、侍郎也因玩弄职守，失察受处分。其实，科考案的背景错综复杂，大清才建国，要在江南立威，科考案也不过清初打击汉族士绅的手段而已。再者，成千上万的士子，都想倾尽全力挤上这条通向官途的独木桥，而真正通过的却凤毛麟角。求官心切在作祟，便生出考生行贿考官的事，而负责监考的官吏也利用职权营私舞弊，中饱私囊，借着科考的机会为自己大肆敛财。科考案发，便会以科考罪论处。考生之间也因彼此间利益纷争，互相挤兑，因此也有人被诬陷，惨遭牵连。

很不幸，吴兆骞便是其中一个，他被人陷害，含冤入狱。1658 年，清廷安排考生在北京瀛台复试，由顺治皇帝亲自监考。吴兆骞也被押解进京城参加复试，每个考生身边有两个带刀侍卫，森严的气氛让人犹如进了刑场，吴兆骞找不到感觉，负气交了白卷，结果他和另外三十名举人被黜落，被押入北京刑部大牢。

顺治帝亲自定案，判决结果，吴兆骞家产全部入官，被打四十大板，父母、兄弟、妻儿一起流放宁古塔。能写得一手“惊才绝艳”文章的才子，蒙冤被判刑流放，对大清文坛影响很大，明眼人都清楚吴兆骞是被冤枉的，纷纷写诗表示同情。

顺治十六年（1659 年），吴兆骞要离京远赴宁古塔了。为他送行的诗作传遍天下，其中流传最为广泛、最著名的有顾贞观的《金缕曲·季子平安否》和《金缕曲·我亦飘零久》。

另一首便是这一曲《悲歌赠吴季子》。吴梅村面对自己的知己好友如此悲惨的遭遇，无法压抑心中的不平与愤慨，自从吴兆骞被判罪入狱，他的心就被他牵得丝丝缕缕地痛，明知道兆骞是被冤枉的，可是自己也是一介文人空有虚名，从来与官场也没有什么牵系，也没有能力为蒙冤的朋友洗清冤屈。

男儿泪，真的不洒离别间吗？却洒在墨色深烈的诗行里。而彼时，吴梅村的心就是这样正被离别的愁绪搅得纷乱，生疼。兆骞即将踏上戍边的艰苦征程，梅村的心被朋友远行的脚步踩踏着，他饱蘸着笔墨挥笔而下，写下这一首悲情四溢的送别诗。

“人生千里与万里，黯然销魂别而已。君独何为至于此，山非山兮水非水。生非生兮死非死。”开篇诗人便点明整首诗的主题，人生的漫漫路途中，无论千里万里，最让人痛不欲生、最让人黯然销魂的唯有别离一事。诗人活学化用了江淹《别赋》中的名句，“黯然销魂者，唯别而已矣。”在诗作的开篇生生地添了更多悲凉凄切的气氛。

季子，如今你要走了，远离京城，那我们都没有触及到过的北国。听说，山不像山，水不像水，环境之恶劣不是我们能想象的，你却被放逐到这人迹罕见的去处，我的心都碎了。自从那年我们在虎丘诗歌集会上相识，我们彼此间志趣相投，无数次聚在一起吟诗唱和谈心，诗酒相欢，都说文人相轻，可是共同的爱好和文学梦让我们跨越世俗紧紧相连，你年轻疏狂，诗才名重，宛若年轻时的我，纵使年龄相差 22 岁，丝毫没能影响我们彼此交厚。

诗人难掩离别的万千愁绪，只是任凭它在心底苦苦纠缠着，文人本来就多情，奈何离别在即，特别是梅村看到已经一年不见的兆骞蓬头垢面，衣衫褴褛，联想到那荒凉的北国边城，他的心仿佛就跟着他远行去了那见不到人的去处了。

胸中的别情如潮水一样翻滚着拍打着梅村的心堤，他不再压抑，他只是把这滚滚而来的这愁、这痛一起涌到笔尖，流淌在纸上，他只想让兆骞知道，虽然他惨遭不幸，可是他不是一个人远行，除了父母亲人，他还有他，还有顾贞观等许多彼此肝胆相照情投意合的朋友，即使命运把他们离分到天涯海角，可是他们的心始终相连。

“词赋翩翩众莫比，白璧青蝇见排诋。一朝束缚去，上书难自理。”你卓然的才华，江南无人能比，京城里的王孙贵胄也逊色于你，可能天妒英才吧，老天才会降厄运在你身上。凭你的才气你的名望，参加科考，不过信手拈来轻车熟路的事儿，那何至于舞弊行贿呢？是你性格所致，年少轻狂，所以才结怨太多被奸佞小人所陷害。

梅村这一句，“白璧青蝇见排抵”恰巧就和上了顾贞观那一首《金缕曲》中的句子：“魑魅择人应见惯，总输他覆雨翻云手”的节拍。顾贞观，是吴兆骞的生死之交，吴梅村何尝又不是？

“青蝇”出自《诗经·小雅·青蝇》“营营青蝇，止于樊”，指污白使黑，污黑使白，变乱善恶的佞人。

唐代陈子昂有诗：青蝇一相点，白璧遂成冤。此处的“青蝇”和顾贞观诗里的“魑魅”，皆指陷害吴兆骞的奸佞小人。

梅村这一句诗可以与顾贞观的这一句互相印证。彼此间心心相印又彼此了解的朋友，皆知道吴兆骞因才学高博才遭小人嫉妒，无论怎样还是没有逃得过命运的翻云覆雨之手的拨弄。这一次是蒙受不白之冤。他们都为他的不平遭遇鸣不平，都愿意为他愤然疾呼，为他喊冤。

文人之间的交往，总是你来我往，你唱我和，你走我送，透着浓浓的风雅。

梅村的诗一气呵成，悲凉澎湃着的情意，再一次，拍岸而来，拍打着现世喜欢梅村、喜欢顾贞观、喜欢吴兆骞的读者的心。

写到这里，梅村的笔锋骤然一转，他的思绪便蔓延到了那遥远的宁古塔。“八月龙沙雪花起，橐驼垂腰马没耳。白骨皑皑经战垒，黑河无船渡者几？前忧猛虎后苍兕，土穴偷生若蝼蚁。大鱼如山不见尾，张鬐为风沫为雨。日月倒行入海底，白昼相逢半人鬼。”

关于宁古塔的恶劣环境，吴兆骞在给其母的信中写道：

> “宁古寒苦天下所无，自春初到四月中旬，大风如雷鸣电激，咫尺皆迷，五月至七月阴雨接连，八月中旬即下大雪，九月初河水尽冻。雪才到地即成坚冰，一望千里皆茫茫白雪。”

和吴兆骞一起被流放的顺天乡试案被牵连的方拱干曾说：“人说黄泉路，若到了宁古塔，便有十个黄泉也不怕了！”吴兆骞信里的描述和方拱干的话，和此时梅村想象的景象相差无几。

而此处梅村也借宁古搭冰雪肆虐，野兽横行出没，活着的人半人半鬼，影射清廷的黑暗统治。“送吏泪不止，流人复何倚！彼尚愁不归，我行定已矣！”

季子，现实如此残酷，连负责押解你前去宁古塔的差役都担心此去难回，更别说你如今戴罪之身了。送君千里，终有一别。我纵使知道你深受冤屈，又如何？只能把心中这愤慨、这不平、这扯不断的离情别绪，写在诗里送给你，慰藉你风雨飘零的心，你怀揣着我对你浓浓的牵挂和情谊远赴征程，心里会感觉些许温暖吧？

任凭诗人心中汹涌着多少愤慨和不平，面对好友的不幸遭遇，他也无力回天。他想挥挥手中的笔把天戳个大窟窿，可是此时他只是发出心底最绝望的呼喊。梅村的这一阙别离的悲歌陪伴着吴兆骞步履蹒跚，飘飞在漫天飞雪里，温暖着他远行千里冰封的心。

这一首诗堪与顾贞观的《金缕曲》相媲美，且不说如话家常的艺术手法，单说诗里洋溢着的那份情谊足以滋润离人干涸的心田。

吴兆骞在宁古塔生活了 23 年，终于在顾贞观和纳兰性德的营救下得以平安回到中原。这未尝不算是一个完美的结局，至少在他们之间的友谊华章划上一个最精美的句点。美中不足的是吴兆骞回归中原时，梅村已经作古。离开京城时，吴兆骞不过 24 岁，如今回来，已近天命。吟读着故人泛着岁月枯黄的诗歌，多情的兆骞几度无语泪流。

世事多变，人事无常，而生活在封建时代的他们却能用一颗最挚诚的心对待自己的朋友，那份至真至诚的情谊让人感动，泪水阑珊。

25. 浣溪沙·谁念西风独自凉

——谁念西风独自凉，萧萧黄叶闭疏窗

纳兰性德

浣溪沙

纳兰性德

谁念西风独自凉，萧萧黄叶闭疏窗，沉思往事立残阳。

被酒莫惊春睡重，赌书消得泼茶香，当时只道是寻常。

说好的，这一生就只挽住你的手，我们凝眸痴缠；说好的，这一生相依相伴，一起观池中鸳鸯，一起看芳草斜阳。看你在花园的长廊内款款移步，看你在落日的小亭边，为我吟读着多情的诗篇，看你在厨房轻系围裙洗手为我做羹汤，夜晚，红烛轻摇，和你一起相依相偎红罗帐。我还天真地想，就用爱情的丝线穿起我们相守的小时光，穿起这平安中的安宁幸福，等到有一天老了，再给你戴上。每一颗珍珠都是我们如胶似漆的往昔最美的诗行。

我只想执子之手，与子偕老，直到我们老得哪儿也去不了，你还是我手心里的宝。可是这一切一切都因为你过早的离逝而戛然而止。画中有你，梦中有你，你一直在我的生命中不曾远离，如今画你容貌想起你，只是洒下心痛的泪滴。本想着生死与共，奈何还是生死相隔，痛断肝肠。

“沉思往事立斜阳……当时只道是寻常”，一点一滴都是烙在生命中抹不去的记忆。这是他留写给妻子的词，是他在往昔无法挥却的记忆里泣血的文字。

他是痴情的男子。他的心里只有他的妻，即使也经历了别的女子，可他的妻却是他一生的至爱。他被赞誉“清代国初第一词手”，他的词堪与南唐后主李煜、北宋晏几道相媲美。他是大清的奇男子，亦是词坛的一朵奇葩。他是词坛的一座丰碑，他与陈维崧、朱彝尊并称“清词三大家”。

他便是清代第一词人，才华绝代的纳兰性德。纳兰性德，满洲正黄旗人，原名成德，字容若，小名冬郎，号楞伽山人。顺治十一年农历腊月十二（1655 年 1 月 19 日），出生在大清明珠府。

他是清代明相纳兰明珠的长子，他少年有才名，诗词、书法、绘画，样样精通。他心性凉薄，他的心“常有山泽鸟鱼之思”。他性格忧郁多情，偏又青衫落拓；他是绝世的情种，一生被情所困，为情所伤。他没有八旗子弟的纨绔与奢靡，“身世悠悠何足问，冷笑置之而已。”他宛若出水的荷，带给这流俗的人世间一片清雅。他幼有词才，十岁便出口成吟，才名远播；十七岁，入国子监读书，师从徐乾学；十八岁，参加顺天府乡试，高中举人。19 岁编撰书籍《通志堂经解》与《渌水亭杂识》。22 岁参加殿试，蒙皇恩赐进士，后被康熙赏识晋升一品侍卫。他的人生璀璨耀眼，他曾伴驾北巡大漠，出塞外、战辽东，下江南，也曾独自爬冰卧雪执行军事行动。他是纵横官场的时代精英，行走在繁华亨通的官途。24 岁，他著五卷《侧帽词》《饮水词》，刊行于世。

彼时，他的一句“人生若只如初见”惊艳了大清词坛，惊艳了那年那月历史的后花园。他的“我是人间惆怅客，知君何事泪纵横，断肠声里忆平生”痛断了天下多少有情人的寸寸柔肠。

纳兰性德以词闻名，今存词 348 首。词的内容多半哀艳感伤，颇有南唐后主李煜的遗风。他的悼亡词，尤为清新隽秀感人肺腑。这一阙《浣溪沙》便是他悼亡妻卢氏之作。

那一年，时令已是秋天。沐一抹血色残阳，容若临窗而立。外面秋花惨淡秋草黄，黄叶在秋风中孤独飘零，有瑟瑟的凉风透窗而来，容若深邃的眸溢满了深深的忧伤，一颗心也愁肠百结起来。

《楚辞 · 九辩》里写道：“悲哉，秋为之气也。萧瑟兮草木摇落而变衰。”伤春悲秋是中国古代文人含有颓废色彩的情结和传统。容若也不能例外，特别是面对此情此景，他那颗多情多愁又敏感的心被纠扯得生疼起来，回廊通幽处，仿佛闪过妻子那婀娜多姿的倩影，她眉眼弯弯浅笑嫣然，她拽着长裙飘然而至，来到他的窗前。

他只是习惯性地脱口唤她的名字，探窗而望，空无一人。除了无边落木，除了仓皇跌撞的黄叶，别无他物。他又出现幻觉了，他太想她了，或许，她就在他心里根本不曾离去。

康熙十三年（1674 年），容若迎娶了两广总督、兵部尚书卢兴祖的女儿为妻，彼时他不过 20 岁，青衫落拓清俊文雅翩翩少年郎，她年方十八，她“生而婉娈，性本端庄”，虽没有国色天香却还是丁香花一样的姑娘。若说这一场婚姻也因了明珠的关系而蒙上政治的色彩，可偏巧这一对天作之合的璧人一见钟情，婚后夫唱妇随，举案齐眉。

卢氏的出现填满了容若所有的日子，她温柔可人，知书达礼，又通晓文字，他们时常一起读书写诗填词，如胶似漆的日子写满了微醺的岁月。他想和她一梳齐眉老。

被爱情的小甜蜜灌满，容若这个时期的词多半以爱情为主题，且看他的另一首词《朝中措》：

蜀弦秦柱不关情，尽日掩云屏。已惜轻翎退粉，

更嫌弱絮为萍。　　东风多事，余寒吹散，烘暖微酲。看尽一帘红雨，为谁亲系花铃。

容若和卢氏皆是贵族出身，不必为婚后的柴米油盐所干扰，他们用这个世间最真纯的爱去滋润彼此的生命。

还有一首《浣溪沙》：

旋拂轻容写洛神，须知浅笑是深颦。十分天与可怜春。　　掩抑薄寒施软障，抱持纤影藉芳茵。未能无意下香尘。

这一首词少了些平素的哀婉，添了些欢快与轻松。这一切都缘于卢氏。

新婚的小夫妻，恩恩爱爱蜜里调油，如胶似漆地相依相守，分分秒秒都在一起。她肚子里的宝宝也一天天长大，容若常孩子似地贴在她隆起的小腹上，和宝宝说起悄悄话，小夫妻也时常讨论孩子的名字的问题。她总是满面含羞脸上洋溢着抹不去的小幸福，用一双巧手给未出世的宝宝亲手缝制小衣裳。陷入幸福中的容若也忘记了白乐天那句“天长地久有时尽”了吧！甜美和谐的二人世界，浓郁的伉俪深情连老天都嫉妒了。

容若的幸福，在婚后第三年就被上天无情夺走了。那是康熙十六年四月，她生下了儿子，产后受寒一度患病不起，五月三十日便溘然而逝。

少年丧妻对于年仅 23 岁的容若来说，简直是晴天霹雳，他一度被突如其来的厄运的浪潮打得全身透湿，伤筋断骨。从此后，他的词风为之而变，“悼亡之吟不少，知己之恨尤深。”容若的词几乎被忧伤哀婉覆盖。

他不能接受这样残酷的现实，他忧郁他沉默他失眠，无数个形单影只的长夜里，他只任相思的泪水湿浸枕巾。妻子已抛下他和孩子去了另一个世界，他只能靠为她写词来派遣心中撕心裂肺的痛。他为她写下一首首悼亡词。

“谁念西风独自凉，萧萧黄叶闭疏窗，沉思往事立残阳。”只一句“谁念西风独自凉”，仅七个字就把容若心中那份悲凉和痛楚排空而来。孤独，虽是人生一景，却也是深入骨髓的痛。

她走了，谁会在他独孤伫立的时候为他披一件衣裳，谁会担心他夜里会不会着凉，虽然还有侧室颜氏在身边，可是爱情是需要感觉和缘分的。同为生命中的女人，容若对卢氏和颜氏到底是不同的。他和卢氏是植入骨髓和灵魂深处的那种是心心相印的爱情，和颜氏只是相敬如宾的亲情和相依。

卢氏的年轻离世，一度摧跨了容若的心。只是一个“谁念”便把容若深藏在心中的不甘不舍都抛洒出来，他想问苍天为什么这么薄情，为什么要将他的爱妻带走。

在她去世后的几年里，他的生活几乎被阴郁吞没，他感觉他的世界都坍塌了，生命中不再有阳光，天空被乌云占满，也不知道天地为谁春。他一度甚至惧怕一个人的漫漫长夜，他时常都慢会出现幻觉，耳边是她喃喃的柔情低语，空气中都弥漫着她的味道。

他写给他的《虞美人》：

银床淅沥青梧老，屧粉秋蛩扫。采香行处蹙连钱，拾得翠翘何恨不能言。

回廊一寸相思地，落月成孤倚。背灯和月就花阴，已是十年踪迹十年心。

东坡和王弗说：“十年生死两茫茫，不思量，自难忘。”元稹和韦丛说：“曾经沧海难为水，除却巫山不是云。”容若和卢氏说：“已是十年踪迹十年心。”

“又到断肠回首处，泪偷零”，他对她的爱和思念总是在长夜寂寂的时候，总是在一次次午夜梦回时分，一寸寸一点点吞噬着他念她的心。为什么梦总是那么真，情总是那么深，思念是那么刻骨铭心，可是梦醒时分，却只是“空余枕泪独伤心”。

容若的《四时无题诗十六首》写道：

自把红窗开一扇，放他明月枕边看。

他的《沁园春》：

丁巳重阳前三日，梦亡妇淡妆素服，执手哽咽，语多不复能记，但临别有云：“衔恨愿为天上月，年年犹得向郎圆”，妇素未工诗，不知何以得此也。觉后感赋。

梦见卢氏后而写：

梦好难留，诗残莫续，赢得更深哭一场。遗容在，只灵飙一转，未许端详……便人间天上，尘缘未断，春花秋月，触绪还伤……

容若痴情到要和天堂的妻子相约，将来某一天，他要和她天上相见，来偿还今生今世无法弥补的遗憾。

这一首悼亡词的上阙，容若只用“西风、黄叶、疏窗、残阳”营造了悲凉的意境，他就那么在落日的余辉里孤单伫立着，背影无助又寂寞。可是，无论他怎样苦苦思念，无论他怎样痛不欲生，她都看不到了，也听不到了。逝者已矣，活着的人总要活下去。物是人非事事休，泪流满面又如何，只为了她曾经的爱情，他还要好好活下去。只是一个“凉”字，让这寂寥秋日景冷、人冷，品词的人心更冷。

一个人的心中究竟有怎样的悲伤，才会把他所有的文字都抹上忧郁的颜色，触景伤情，萧瑟斑驳的秋景，乱丝一样缠绕在心头的愁绪，让他再一次柔肠寸断。

他的《临江仙》写道：

点滴芭蕉心欲碎，声声催忆当初。欲眠还展旧时书。鸳鸯小字，犹记手生疏。

倦眼乍低缃帙乱，重看一半模糊。幽窗冷雨一灯孤。料应情尽，还道有情无？

回忆如剑刺痛五脏六腑。他和她，一生一世一双人，他爱写诗填词，她也喜欢文字，他们一起读书、写字、饮茶。他清晰地记得他手把手教她临帖的情景，雀跃着的烛火映着她光洁的脸，她回眸和他对视，字便写错了。他也曾取笑她，不专心，她便佯装生气不理他。

容若的这句“被酒莫惊春睡重”一定是化用了南宋程垓的词《愁倚阑》的名句：昨夜酒多春睡重，莫惊他。

容若总是喜欢在睡前和她小酌几杯薄酒，然后睡去。他沉沉睡去的样子，恬淡又幸福。她轻挑灯花，都怕惊扰了他睡眠，早上他还在浅睡，她轻轻下床，细细为他掖好被角，生怕吵着他。

“赌书消得泼茶香”此处用典故。李清照在《金石录后序》中写道：余性偶强记，每饭罢，坐归来堂烹茶，指堆积书史，言某事在某书、某卷、第几叶、第几行，以中否角胜负，为饮茶先后。中即举杯大笑，至茶倾覆怀中，反不得饮而起。甘心老是乡矣！故虽处忧患困穷，而志不屈。

李清照和丈夫赵明诚，亦是一对小资夫妻，他们时常在饭后，砌一壶新茶，玩赌书的游戏，就猜某件事或某个典故出自哪本书的第几卷第几页第几行，赢者便先饮茶，往往两个人开怀笑着不小心把茶洒了一身。

容若和妻子便似李清照夫妇般的风雅，富贵的家世，他们无须为生计而奔波，琴瑟和鸣的岁月，任掬一捧都如小溪流水，缓缓流过彼此的心田，翻腾着幸福的浪花。

被爱情陶醉的人儿，连睡里梦里都笑意盎然，幸福地弯起嘴角，就这样一生一世一双人，相依相偎，看现世安稳岁月静好也是一种幸福。他们也玩这样的小儿女情趣游戏，一起赌书、烹茶，相守生命中恬淡的小时光，输赢又何妨。可是幸福总是太短，老天把容若人生中最美好的一部分收走了。

词的最后一句“当时只道是寻常”。似这般天下小夫妻间最平常的生活，自己在其中时，从未感觉到有何不同，如今她不在了，每一次回忆的潮水漫过心灵的堤坝，他才知道昨日种种才是人间最浓烈的幸福。只是自己当时并不曾在意罢了。

“此情可待成追忆，只是当时已惘然。”品罢容若这一首短短的小令，感同身受容若的孤独与伤悲，穿越般体味容若和妻子那生死相随的爱情故事，不禁泪水潸然，有一种丝丝缕缕的痛在心头扩散开来，在心底低徊不尽，这就是心有灵犀的共鸣吧！

26. 送别

——长亭外，古道边，芳草碧连天

李叔同

送 别

李叔同

长亭外，古道边，芳草碧连天。晚风拂柳笛声残，夕阳山外山。

天之涯，地之角，知交半零落。一斛浊酒尽余欢，今宵别梦寒。

现代诗人席慕蓉的《渡口》写道：热泪在心中汇成河流，是那样万般无奈的凝视，在我们分别的渡口，找不到一朵可以相赠的浪花，还是把祝福别在衣襟上吧，而明日，明日又隔天涯。

东坡说：人有悲欢离合，月有阴晴圆缺，此事古难全。离情别怨，悲欢离合，永远是古代文人笔下永恒的主题。从唐诗宋词到明清的诗文，离别的悲歌一曲一曲唱不完。

二十世纪六十年代电影《早春二月》和八十年代的电影《城南旧事》，这两部电影的主题曲或插曲《送别歌》，随着影片的播出传遍大江南北，几乎家喻户晓。这首歌的词作者李叔同也红遍海内外。

李叔同就是中国近代新文化运动的先驱，中国传统文化与佛教文化相结合的优秀代表，他是中国话剧开拓者之一，也是中国第一个聘用裸体模特教学的人，“二十文章惊海内”的大师，集诗、词、书、画、篆刻、音乐、戏剧、文学于一身，活跃在多个不同的领域，却各有建树。

李叔同（1880～1942年）祖籍浙江平湖，清光绪六年阴历九月二十生于天津官宦富商之家，幼名成溪，学名文涛，字叔同。法号演音、号弘一，又名李息霜、李岸、李良。晚号晚晴老人。父亲与李鸿章同年进士及第，曾官吏部主事，兴办盐业开办银行为天津富豪。李叔同为五姨太所生。他五岁时父亲亡故但家境依然优越，母亲和兄长特别重视对他的教育，自幼跟随母亲诵名诗格言，博读诗书。少年时代师从天津名士赵幼梅学诗词，师从唐静岩学书法。

他喜欢唐诗宋词，少年时代便积累了丰厚的国学修养。14岁随母亲王氏迁到上海。15岁时便写出“人生犹似西山日，富贵终如草上霜。”的诗句。

18岁时李叔同娶妻俞氏并生育两个孩子，继承30万家产。20岁时，与许幻园、袁希濂、蔡小香、张小楼义结金兰，号称“天涯五友”。这个时代的李叔同才名远播，亦是放荡不羁的富二代贵公子，整日周游于妓院，寄情于声色。

21 岁时他填写《老少年曲》:“梧桐树，西风黄叶飘，夕阳疎树杪。花事匆匆，零落凭谁吊？朱颜镜里凋，白发悉边绕。一霎光阴底是催人老，有千金也难买韶华好。”彼时他是上海的翩翩富贵浊公子，春风得意的他也感叹人生易老。

1905 年，母亲王氏病逝于上海“城南草堂”。李叔同扶母亲灵柩回津，给母亲办了一场别开生面的“文明葬礼”。他在四百多名中外来宾面前自弹钢琴，唱悼歌，寄托哀思，此举被世人称为“奇事”。

安顿好母亲的后事，李叔同舍下妻儿，东渡日本求学。作为中国第一代美术留学生，他在日本画界小有才名，并和自己的模特相爱并结婚。

1918 年 8 月 19 日，在“五四运用”前夕，39 岁的李叔同，舍下爱妻在杭州定慧寺出家，正式皈依佛门。他苦心向佛，弘扬佛法，被佛门弟子奉为律宗第十一代世祖。

李叔同在浙江任教期间采用现代教育法为中国培养出了著名画家刘质平、夏丏尊、丰子恺、潘天寿、吴梦非等许多久负盛名的画家和音乐家。

李叔同多才多艺，他还是中国第一个话剧团体春柳社主要成员。1907 年，春柳社在东京演出话剧《茶花女》。他还主编了中国第一本音乐期刊《音乐小杂志》。还是国内第一个用五线谱作曲，最早推广西方“音乐之王”钢琴。他编辑出版的《国学唱歌集》，被选入当代的中小学教材，便是从《诗经》和《楚辞》里选出 13 首古诗词配上西洋和日本的曲调合集而成。

他创作的歌曲内容广泛多样，有忧国忧民的爱歌歌曲，如《我的国》《祖国歌》《隋堤柳》等；有哲理歌曲，如《落花》《悲秋》《晚钟》等；还有抒情歌曲，如《春游》《早秋》《西湖》《送别》等。这些都是当时青年学生进步知识分子的最爱。

这一曲著名的《送别》便是学堂乐歌的代表作。清末民国初年，当时的政治改革家主张废除科举等旧教育制度，并效法欧美，建立新型的学校。这些新型学校被称作“学堂”，并仿照西方学堂开设音乐课。

学堂乐歌便是随着新式学堂的建立而兴起来的歌唱文化，一般指为乐歌课而编创的歌曲。在最初只是把一些从日本和欧美传来的曲子配上歌词，教授给学生。学堂乐歌的代表人物有沈心工、李叔同、曾志斋等启蒙教育家为代表。

学堂乐歌还时常采用中国古典诗词来填词。李叔同是当时中国学堂乐歌最杰出的作者。今存乐歌 70 余首，有《李庐印谱》《晚清空印聚》存世。这一曲《送别》作于 1914 年李叔同在浙江师范任教期间。

古代的送别诗，一般都是为送别某一位朋友而写。比如李白的《黄鹤楼送孟浩然之广陵》、王维的《送元二使安西》、高适的《别董大》、孟浩然的《留别王维》、王勃的《送杜少府之任蜀州》等，皆是在诗的题目便点明了送行的地点、人物、和送行对象的去处。

而李叔同的这首诗，是一首无所明指的送别诗，有的则说是李叔同客居上海时的朋友许幻园。

许幻园是“天涯五友”之一，新派诗文界的领袖。当时李叔同和母亲迁居上海时住在城南草堂，便与许幻园相识，当时许幻园是城南文社的盟主，彼时的李叔同年少才盛，在城南文社举办的征文活动中，屡屡夺魁。共同的爱好让两个人彼此惺惺相惜，许家富有，为人也豪放，便邀请李叔同和他母亲过来同住，于是 1899 年李叔同携母亲搬入城南草堂。

他们一直私交甚厚。李叔同和许幻园都是当时新文化运动的先驱者，他们倡导民权思想，提倡移风易俗，是活跃在风口浪尖上的风云人物。二次革命失败后，许家破产，家道中落，而许幻园官运不畅，被迫离开上海，前往北京，临别时，李叔同为其写诗赠别。

这首诗借用了19世纪后期盛行于美国的艺人歌曲，美国作曲家约翰·P·奥德威的《梦见家和母亲》的曲调。李叔同在日本留学时，日本著名音乐教育家、词作家犬童球溪也用了《梦见家和母亲》的旋律为一首名为《旅愁》的歌填词：

西风起，秋渐深，秋容动客心。独身惆怅叹飘零，寒光照孤影。

忆故土，思故人，高堂念双亲。乡路迢迢何处寻，觉来归梦新。

恰逢黄昏，一抹金色的残阳，抹了半边窗，我坐阳光的暗影里，耳边听着这首跨越两个世纪传唱不衰的经典歌曲，慢品着一代高僧的20世纪最优美的歌词。

知交的朋友要离开了，李叔同和他饮酒作别。“长亭外，古道边，芳草碧连天。晚风拂柳笛声残，夕阳山外山。”

彼时，柳永的“寒蝉凄切，对长亭晚”，白乐天的“远芳侵古道，晴翠接荒城”，李白的“浮云游子意，落日故人情”，皆是彼时，送别的诗人们都罗列了长亭、落日、古道等意象，把恋人分别，朋友分别的场景刻画得淋漓尽致。

李叔同精通中国古典诗词，在这离别的瞬间，他娴熟地罗列了中国古典诗词离别的各种常用的意象，如长亭、古道、夕阳、芳草、晚风、柳笛等，渲染了朋友离别前悲凉的氛围。对于许幻园的境遇，李叔同是同情、是感慨，许多种复杂的情感交织在一起，人事多变，世事无常。

明代王实甫《西厢记》中《端正好·碧云天》写道：碧云天，黄花地，西风紧，北雁南飞，晓来谁染霜林醉，总是离人泪。作者罗列了萧索的秋天意象，黄花、雁儿，离人，有情人难舍难分，只恨相见太晚，恨离别的疾。而李叔同的离别却比王实甫的离别更添了些浓重的伤感和大气。

彼时，斜阳暖暖地铺洒在十里长亭，送行的亲人都在嘱咐叮咛，作为朋友，又有多少不舍，也只能化用默默的祝福，为他祈祷一路顺风，一切安好。

意象与作者的情感无间地融合在一起，李叔同的眼里氤氲着泪水，都是伤心之人，面对此情此景，顿生断肠之情。一时间他倒有了马致远的“夕阳西下，断肠人在天涯”的感慨。

品读这样的诗句，仿佛置身于作者营造的场景之中，自己便就伫立在如血残阳里，远远地看着李叔同正在和朋友依依道别。

“天之涯，地之角，知交半零落。”人生苦短，得一知己足平生，如今分离，不知道相见何时。吴梅村送别吴季子的诗“人生千里与万里，黯然销魂别而已。”

“一斛浊酒尽余欢，今宵别梦寒。”举起杯，让我们一起饮尽杯中酒，把离别的愁苦都埋在心里，此时此景，无论是送行的人，还是被送的人，心里都会被离别的惆怅溢满。

“天之涯，地之角，知交半零落”此一句将这首诗的惆怅之情推向一个高潮，尔后迂回到“一斛浊酒尽余欢，今宵别梦寒。”

但作为最知交的朋友，李叔同和许幻园一起为了理想而苦苦追求，他们都无怨无悔，红尘落落，离别在所难免，他们伤别离，惜别离，把酒言欢，可是也会把别离的愁和忧都寄于酒里，咽在心里。天地之大，唯有知音最可贵，这一生一世，相识相知便是缘，天涯海角又如何？只要心与心相通，就“天涯若比邻”。

李叔同的诗把送别的境界无形中拔到另一种高度。王国维在《人间词话》中说，“诗人必有轻视外物之意”，深谙世事炎凉，阅尽风月，才能了然于胸。张爱玲说，因为懂得所以慈悲。参透外物，才能升华到物我一心的境界。整首诗仅46个字，曲子意境高远，掺杂着人生的悲喜之感。

这一生起起落落，悲欢离合都曾经有过，这样执着，只为心中不灭的理想。李叔同不会愁云惨淡，而是和许幻园共勉，反添了些许大度与从容。

他从出生，到从一个经常出入青楼的浊世贵公子，在李家花团锦簇时，他留连于上海滩，依红偎翠，然后到出国留学期间，他经历了大富大贵，他也曾春风得意，也曾风流一时，直到1911年家道败落时，又遭遇人生最大的挫折。经历了人生的起起落落，便会参透这人生的真谛，最后才会大彻大悟。

这一首诗从表面看是李叔同送别朋友，可从内里蕴含的人生感悟来品读，便知是他告别这污浊人生，告别红尘世事，剪断尘缘步入佛门的前奏曲。

这首诗配上那首经典的曲子，可谓中西合璧，清丽俊雅的诗句，优美的旋律，循环着深深的禅意。人世总有圆缺，生离死别，皆是人生常态。